お飾り王妃になったので、こっそり働きに出ることにしました

～旦那うさぎがいれば神様相手だってへっちゃらです！～

富樫聖夜

ビーズログ文庫

イラスト／まち

Contents 

‖ プロローグ ‖ 神の嘆き 006

第一章 お飾り王妃は訝しんでいる 011

第二章 お飾り王妃は国王の秘密に迫る 041

第三章 お飾り王妃は真実を知る 065

第四章 今はもう誰も知らない物語 100

第五章 水面下の攻防 140

第六章 黒き竜は幸せな夢を見る 171

‖ エピローグ ‖ お飾り王妃は増えたモフモフに狂喜する 235

あとがき 254

ジークハルト
ルベイラ国王。ようやくロイスリーネと両想いに。しかしうさぎではないかと妻に疑われはじめ……!?
うーちゃん
ロイスリーネが
可愛がっているうさぎ。
実はジークハルトの
呪いをうけた姿。
ロイスリーネ
ロウワンから嫁いできた
『お飾り王妃』。
昼は『緑葉亭』の看板娘
リーネとして働いている。
人物紹介
Character

ロイスリーネの侍女。ロウワン時代からの強い味方。

ジークハルトの従者。ジークハルトの身代わりもこなす。

ルベイラ国魔法使いの長。魔道具オタク。

裁縫が得意なロイスリーネの侍女。その実態は……!?

ディーザの同僚。夜の神の眷属に身体を乗っ取られていた。

ルベイラ軍第八部隊に所属する軍人。その正体は、魔法で姿を変えたジークハルトその人。

カーティス

ジークハルトの幼馴染みで宰相。

『緑葉亭』の女将。実はジークハルト直属の特殊部隊隊長。

タリス公爵令嬢。ロイスリーネとジークハルトをネタに小説を執筆中。

ファミリア大神殿の特別監査室に所属する審問官。クールで毒舌。

プロローグ　神の嘆き

彼（彼女）は夜と死と再生を司る創造神の一柱だった。

彼（彼女）は、けれど孤独だった。

創造神たちはそれぞれ司るものが異なるため、長い期間同じ場所にはいられない。

だから彼（彼女）は常に独りだった。

ある日、「神」を称える感謝の言葉を耳にした。

それは日の神と共同で作った種族である人間たちが発する言葉だった。

彼らは日の恵みに感謝し、実りを与えてくれる大地と、明かりをもたらしてくれる火と、喉の渇きを潤してくれる水に感謝していた。

けれど、人間たちの口から彼（彼女）に感謝する言葉はついぞ聞くことができなかった。

それを彼（彼女）は悲しんだ。

なぜなら、彼（彼女）は人間たちが好きだったからだ。

弱い個体のくせに、いや、弱いからこそ群れで行動し、知恵だけを絞って厳しい大地の上で生きている。

喧嘩もするし憎み合いもするが、支え合い、愛し合い、慈しみ合って次代に命を渡している。

見ていて飽きない種族。それが人間だった。

だからこそ、その人間に恐れられていることを彼（彼女）は嘆いた。

人間は夜を恐れ、死を恐れる。だから人間が彼（彼女）を恐れるのも無理はなかった。

嘆いて、悲しんで、そうして何百年、何千年経っただろうか。

悲しむ彼（彼女）の元へ、ある日、一匹の獣がやってくる。

その獣は彼（彼女）に言った。

『悲しまないでください。あなたを慕う者はたくさんおります。私もそうです。そして、私のかつての主人もそうでした』

真っ白な毛を持つ小さなうさぎだった。

うさぎは以前は人間に飼われていたのだと言う。

『ご主人様から、あなたのお話を聞いたのです。夜の安らぎと安寧をもたらしてくれる神だと。皆は恐れているけれど、自分は夜の神を敬愛していると』

悲しいことにうさぎの主人は身体が弱く、大人になれずに亡くなった。

主人がいなくなり、処分されそうになったうさぎは、人間の主人の想いを彼（彼女）に伝えたくて、長い時間をかけて、ここまでやってきたのだ。

『よかった。これで安心して逝けます』

長い旅路の間にうさぎの身体はボロボロになり、今にも死にかけていた。

彼（彼女）は自分を慕っていると言ってくれた獣を亡くしたくなかった。

そこで、彼（彼女）は自分の持つ『創世』の力を使い、うさぎを心配して転生の輪に入らずにいた主人の魂も融合させて新しい生命を作り出した。

人間と獣、その両方の特性を併せ持って生まれ変わったうさぎを、彼（彼女）は眷属にした。

そうすれば不老となり、ずっと自分の傍にいてくれると思ったからだ。

彼（彼女）は、うさぎに自分の眷属であることを示すアルファの名を与え、彼を原型にしてうさぎ獣人を誕生させて世に放った。

人間とは違う、亜人と呼ばれる種族だ。

彼（彼女）はその後、次々と新しい眷属を作り、地上に亜人を増やしていった。

亜人は彼らを守護する彼（彼女）を崇め、人間が作った日の神に捧げる神殿にも劣らない建物を作って彼（彼女）に捧げてくれた。

彼（彼女）は幸せだった。間違いなく幸せだった。

けれど、創造神である彼（彼女）が眠りにつく時が来てしまった。

彼（彼女）を含む創造神たちは次代に後を託して眠りにつかなければならない運命だったのだ。

『あともう少しだけ』と彼（彼女）は、眠りを拒否する。

だけど、ああ、だけど、そうまでして地上に残ったのに。

彼（彼女）の大事な亜人たちは人間に殺されてしまった。

彼（彼女）は怒り、人間たちに疫病を撒いた。

一部の眷族は彼（彼女）を止めたが、一部の眷属はそれを肯定した。

『怒りにまかせてはいけない』と内なる声が止めたけれど、彼（彼女）は止まらなかった。

いつしか、内なる声はしなくなっていた。

ある日、彼（彼女）を倒そうと人間たちが襲ってきた。

彼（彼女）は怒り、返り討ちにしようとして、大事な獣を失った。

人間が殺した。いや、彼（彼女）が殺した。

この頃から彼（彼女）の記憶は安定しなくなる。

憎悪を吐く、怨嗟を吐く、呪いを吐く――。

そしてある日、彼らはやってきた。

銀髪の男の子と、黒髪の女の子が、眩い光をまとって。

力が振るわれる刹那、彼（彼女）は理解する。

黒髪の女性が誰なのか。

『いつかあなたの心が癒されるまで、しばしの眠りを』

それが彼（彼女）が見た最後の光景だった――。

夜の神と呼ばれた彼（彼女）はまどろみの中で夢を見る。

怨嗟と、呪いと、悲嘆と――希望の夢を。

第一章　お飾り王妃は訝しんでいる

ここ最近、ルベイラ国の王妃ロイスリーネは悩んでいた。

何を悩んでいるかと言えば、とある疑惑についてだ。……いや、悩んでいるというより、その疑惑を否定したいと思いつつ、頭にこびりついて離れないと言うべきだろう。

その「とある疑惑」というのは、ロイスリーネの溺愛するうさぎの「うーちゃん」の正体が、夫ではないかということだった。

ロイスリーネの夫でルベイラ国の王ジークハルトには、ある呪いがかけられている。ルベイラ国王に代々伝わる呪いで、夜になると動けなくなってしまうというものだ。……少なくともロイスリーネはそう聞いている。

現にそのせいでジークハルトはロイスリーネと閨を共にすることができなくて、未だに二人の間に夫婦関係はない。それがロイスリーネが一部の者たちに「お飾り王妃」だと思われている原因なのだが、今はそれは置いておこう。

つい最近までロイスリーネはジークハルトの呪いが「夜になると意識がなくなって動け

なくなる」というものだと疑っていなかった。

ところがつい先日、ジークハルトが朝になっても目覚めないという非常事態が起こってしまった。

なんとか皆のおかげで国王の不在をごまかしつつ、事態を解決できたものの、その事件の最中にとある場面を目撃してしまったことがロイスリーネの疑惑の始まりだった。

当時、目覚めないジークハルトは、架空の恋人ミレイが住んでいるとされるガーネット宮の寝室で厳重に守られていた。

警備上、王妃であるロイスリーネも会いに行ってはいけないと言われていたのだが、どうしても夫の顔が見たくなった彼女は、秘密の通路を使ってジークハルトの様子を見に行ってしまったのだ。

ところが主寝室と思しき部屋の天蓋付きベッドで眠っていたのはジークハルトではなく、ロイスリーネの最愛のうさぎである「うーちゃん」だった。

それだけなら部屋を間違っただけだと考えただろう。けれど、侍女長が宰相のカーティスに頼まれて『陛下を呼びに』その部屋に現われたことで、部屋違いの線はなくなった。

――あの時は、うーちゃんが「陛下」というあだ名で呼ばれているから、侍女長はうーちゃんを呼びに来たのだと思ったけれど、よくよく考えるとそれって変よね？　カーティスがうーちゃんを呼び出す必要はないもの。だからきっと侍女長はうーちゃんではなく本物の陛下を呼ぶために来たのだわ。

そう。そこからして変なのだ。ジークハルトは呪いで動けないのに、呼びに来ること自体がおかしい。

――つまり、カーティスも侍女長も陛下が呪いで動けない状態だと思っていなかったということよね？

でも実際にジークハルトはあの期間、まったく姿を現わさなかった。代わりに昼夜問わずロイスリーネの傍にいてくれたのはうさぎだ。

ロイスリーネは珍しい青灰色の毛並みを持ったうさぎを膝に抱き上げてじっと見つめた。

「……キュ？」

最初は凝視されて面はゆそうにしていたうさぎだったが、あまりに長い間そうしていたせいか不思議そうにロイスリーネを見上げてくる。

その愛らしい顔にロイスリーネの胸がキュンと高鳴った。

――あああ、うーちゃん、なんて可愛いんでしょう！　……って、違う、違う、そうじゃないわ！

ロイスリーネは脱線しそうになる思考を頭をぶんぶん振って引き戻した。

――今考えなきゃいけないのは、うーちゃんと陛下の関係性よ。

うさぎとロイスリーネが出会ったのは、ルベイラに嫁いできて間もない頃だ。

当時のロイスリーネは命を狙われていて、身の安全を守るために離宮に軟禁されていた。けれどそうとは知らないロイスリーネは、公務の時以外は外に出られない生活に鬱憤を溜めていたのだ。そんな時、いつもロイスリーネの寝室に遊びに来て心を慰めてくれたのがうさぎの「うーちゃん」だ。

「うーちゃん」というのはロイスリーネがつけた名で、うさぎの本当の名前は「ジーク」だという。飼い主であるジークハルトの名前の一部を取って名づけられたため、皆は「陛下」というあだ名で呼んでいるらしいと知ったのは、ロイスリーネの命を狙っていた犯人が捕まった後のことだ。

離宮から本宮に戻った後も、うさぎは秘密の通路を通ってロイスリーネの寝室にやってきて、一緒にベッドで眠っている。

——夜になると遊びに来てくれるうーちゃん。夜は姿を現わすことができない陛下。

……自分でも突拍子もない発想だなとは思う。でも、うーちゃんが陛下だったら、なんとなくつじつまが合ってしまうような……。

「ううん、まさかね！」

ロイスリーネは疑念を振り払った。

「気のせいよ。考えすぎなのよ」

「キュ？」

うさぎが一人芝居をしているロイスリーネを心配そうに見つめている。

──そうよ、可愛い可愛いうーちゃんが陛下だなんてありえないでしょう？　だってこんなに愛らしくて喜怒哀楽がはっきりしているのに！

ルベイラ国王ジークハルトといえば「孤高の王」として有名だ。十六歳という若さで大国の王となったためか、ジークハルトはにこりともせず、常に無表情で臣下たちと接している。冷酷ではないが冷淡で、二十二歳とは思えないほど威厳のある王として君臨していた。

──いえ、実際は臣下や諸外国に舐められないために表情を消して非情に徹しているうち、王様業をやっている時は感情が表に出なくなってしまっただけなんだけど……。本当の陛下は冷淡どころではなく、とても優しくて思いやりがある素敵な人なのよ。

と、つい思考がのろけてしまうのは、ロイスリーネがジークハルトを好きになってしまったからだ。夫だからというだけではなく、ジークハルトという人物に恋愛感情を抱いているからなのである。

さらに想いを確かめ合うこともできた。だからこそ気持ちの通じ合ったジークハルトが呪いのせいで起き上がれない、ロイスリーネの傍にいてくれないことで、不安になってしまい、ガーネット宮に突撃してしまったわけだが。

――やっぱり考えすぎよね。魔法で変身しているという線も考えたけれど、身体に負担がかかるから長時間は無理だと聞いてるし。

ルベイラの王宮付き魔法使いの長であるライナスが言うには、動物に変身できる魔法もあるにはあるらしい。

たとえばジークハルトはお忍び用の身分である「軍人将校のカイン」には魔法で変身している。けれどそれは髪や瞳の色を変えたり、ほんの少し声質をいじったりするもので、たいした魔力は消費していない。ところが動物に変身する場合は、骨格から変えなければならないので膨大な魔力を必要とするし、維持するにもかなりの魔力を消費するらしいのだ。

『実用的ではないので、その分野の魔法はあまり進んでいないのですよね』

とはライナスの談だ。

うさぎはついこの間までロイスリーネの傍に一日中張りついていたので、ジークハルトが魔法で変身しているという線はないだろう。

――ほら、やっぱり気のせいなのよ。うーちゃんが陛下だなんて、そんなことはないない。だいたい、うーちゃんが陛下だったら……！　私は陛下にあんなことやこんなことをしたってことに！

ちなみに「あんなことやこんなこと」とは、うさぎの全身をモフったり、キスしたり、スリスリしたり、うさぎ吸いをするために腹毛に顔を埋めたり、くんくん匂いを嗅いだりしたことである。

——もし、陛下にあんなことをしていたとしたら、私は恥ずかしくて死ねるわ！　だから、絶対、うーちゃんは陛下じゃないったら、ない！

脳内で拳を握って主張していると、不意に顎の下を舐められて、ロイスリーネは我に返った
「キュー、キュー」

どうやら反応がないロイスリーネを心配したうさぎの仕業のようだ。

「うーちゃん、なんでもないのよ～」

へろりと相好を崩すと、ロイスリーネはうさぎの耳の間を撫でた。ここを撫でられるのが好きなのか、うさぎは目を細めて、大人しく撫でられている。いや、もしかしたらロイスリーネの意識が自分に戻ったことで満足しているだけかもしれないが。

「ちょっと一ヶ月後の祝賀パーティーが不安になっただけなの。ごめんね、心配かけて」

祝賀パーティーが不安なのは嘘ではないが、本当のことは言えない。

——いえ、うーちゃんが陛下だと思ってるわけじゃないのよ。だけど、うーちゃんは賢いし、たまに人の言葉が分かっているかのような反応をするから！

うさぎがジークハルトだと疑っている言葉は口にしないほうが無難である。

「さて、そろそろ寝ましょうか。あまり遅くなるとエマに怒られるものね」

エマはロイスリーネが祖国から連れてきた侍女で、頼りになる姉のような存在だ。

すでにエマは「早めにお休みくださいね」と言って寝室を出ているが、確認のために戻ってくることもあるので注意が必要だ。

最後のランプを消そうとサイドテーブルに手を伸ばしたところで、ロイスリーネはとあることを思いついて、膝の上にいるうさぎに向かって手を差し出した。

「うーちゃん、お手」

うさぎはキョトンとしてロイスリーネの差し出した手のひらを見つめていたが、少ししてから前足をちょこんと乗せた。

立派なお手である。

「はい、よくできました」

可愛らしさに内心身もだえしながらロイスリーネは褒めた。もちろん、うさぎにこんな芸を仕込んだことはない。

いつもだったらここで終わっていたところだが、ついいたずら心を起こし、ロイスリーネは再び手を差し出して言った。

「うーちゃん、お足」

「……キュウ？」

うさぎは「え？」という表情でロイスリーネを見つめた。ロイスリーネとしては、今度もきっと「お手」をするだろうなと思っていた。ロイスリーネの手の上にところがうさぎは怪訝そうな顔をしながらも後ろ足を出して、ロイスリーネの手の上にタシッと乗せたのである。

「…………」

ロイスリーネは無言になる。

頭の中に再び疑惑が浮かんでは消えた。先ほどまでの思考を高速で繰り返し、同じ結論に達したロイスリーネは深く考えるのをやめた。

「よくできました。うーちゃんは賢いわね。さて、寝ましょうか」

にっこり笑いながら寝支度をして、上掛けを引き被る。うさぎは「？」マークを浮かべながらも、いつもの枕元に移動して丸くなった。

「おやすみなさい、うーちゃん」

それからきっかり五秒後にはロイスリーネは静かな寝息を立てていた。

おそるべき寝つきの良さである。

一方、振り回されたうさぎのジークハルトは頭を起こし、ロイスリーネを見つめながら不思議そうに呟くのだった。

「キュウ……？（一体、なんだったんだ……？）」

「うーちゃん、賢すぎでは……？」

朝食中に昨夜のことを思い出したロイスリーネはポロリとこぼしていた。

「どうした、ロイスリーネ？」

向かいに座るジークハルトが怪訝そうに眉をひそめる。ロイスリーネはごまかすように微笑みを浮かべた。

「いえ、なんでもないです。それより陛下、その後、お身体の方は……」

「ああ、ロイスリーネには心配かけたな。もう大丈夫だ。むしろ今までより調子がいいくらいだ」

国王であるジークハルトと王妃のロイスリーネが公務以外で顔を合わせるのは、この朝食くらいだ。その時間も、ジークハルトが呪いで動けない間、ロイスリーネは一人で食べていた。

——いちいちドレスに着替える必要があるから面倒だなって思っていたこの時間が、どれほど貴重なものだったか、身にしみたのよね……。

おかげでついロイスリーネは毎朝ジークハルトに身体の調子を聞いてしまう。我ながらしつこいなと思うが、ジークハルトも毎回律儀（りちぎ）に答えてくれるのは、ロイスリーネの気持ちが分かっているからなのだろう。

ジークハルトが目覚めないという異常事態に加えて、色々なことがあったのだ。偽聖女（にせせいじょ）イレーナと元神殿長（しんでんちょう）ガイウスの失踪（しっそう）、行方（ゆくえ）不明になった内部監査室（かんさしつ）の審問官（しんもんかん）ディーザ、そのディーザがクロイツ派に関係しているのではないかといってルベイラに調査に訪（おとず）れたニコラウス審問官などなど。

——本当に、怒涛（どとう）だったのよね、陛下がいない時。何度陛下がここにいてくれればと思ったことか。

その副産物として、ジークハルトを見るたび、青灰色の毛のうさぎを連想するようになってしまったわけだが。

「そう、それならよかったです」

ジークハルトは無表情のまま頷（うなず）いた。

「あんなことはめったに起こらないだろう。……多分」

「多分」と心もとなく付け加えたのにはわけがある。ジークハルトが元に戻らなくなった原因は『女神（めがみ）の御使（みつか）い』によるもので、未だ彼女（彼？）が何を思ってそんなことをしたのかよく分かっていないからだ。

『女神の御使い』は、女神ファミリアの使いらしい。らしいというのはパッと出てパッと言いたいことだけ言って消えてしまったからだ。彼女のことはしばらく行動を共にしていたという『影』の一員であるマイクとゲールから聞いたことしか分かっていない。

――陛下のあの変な姿も『女神の御使い』のせいみたいなのよね。

『あの変な姿』というのは、クロイツ派との戦闘中にようやく動けるようになって姿を見せた時のジークハルトの容姿のことだ。髪が長くなっていて、目の色も違っていた。

――中身はちゃんと陛下だったけど、一体どういうことだろう。それにニコラウス審問官……じゃなかった夜の神の眷属イプシロンは、あの姿の陛下を見て「アルファ」「アベル」という名前を口にしていたらしいし……。うーん、謎だわ。

「とにかく、私としては何事もなく一周年記念祝賀パーティーを終えたいです」

「そうだな」

ロイスリーネの呟きにしみじみとした声音でジークハルトが同調する。思わず二人は見つめ合い、そして同時にため息をついた。

あと一ヶ月もしないうちにルベイラの王宮では二人の結婚一周年記念の祝賀パーティーが開かれることになっている。今現在、その準備で王宮内はどこも大忙しだ。

それは二人も同様で、いつもの公務に加えて要人を迎えるための準備に忙殺されている。

というのも――。

「招待客のリストに変更がありました。こちらが新しいリストです。お二方ともお手数ですがご確認を」

朝食後のお茶をまったりといただいていると、宰相のカーティスが数枚の紙を手にわざわざダイニングルームにまでやってきた。

カーティスは元はジークハルトのお目付け役で、王族の血を引く青年だ。ジークハルトの国王即位と同時に宰相となり彼の治世を支えている。

「またか……」

「またですか……」

「残念ながらまたです」

にっこりと笑いながらカーティスが言った。

「私とて毎日招待客リストを更新したくてやってきているわけではないのですよ。まったくいい加減にしてほしいですね」

「そ、そうね」

カーティスの笑みの圧がすごい。どうやら彼も連日の対応にうんざりしているようだ。

――まぁ、無理もないけど。あと一ヶ月を切っているのに、毎日招待客が変更になるんですものね！

ルベイラで行われる今回の祝賀パーティーは、結婚一周年記念であって結婚式ではない。そのため、それほど重要なものとはみなされていなかった。

こちらもそれを見越して招待しているし、準備を進めていたのだ。

ところがこの祝賀パーティーに神聖メイナース王国の王太子が出席すると公表されたとたん、状況は一変した。

神聖メイナース王国の王太子ルクリエースは、つい四、五ヶ月ほど前に暗殺されそうになり、長い時間意識不明となっていた。

彼を暗殺しようとしたのは、なんと神聖メイナース王国の母体とも言うべきファミリア大神殿――大陸中にある女神ファミリアを祀る神殿の総本山の頂点に位置する教皇の右腕だった枢機卿なのだ。

ルクリエースは神聖メイナース王国の政治から大神殿の影響を排除しようと動いていた。それが気に食わなかった枢機卿が、王太子の暗殺を目論んだのである。

事件が発覚してからは、当然のことながら大騒動になった。王太子は意識を取り戻したものの、この騒動の責任をとって教皇が交替することになり、新しい教皇が選出されることでようやく収拾がついたのだ。

――ルクリエース殿下は目を覚ましたものの、療養中ということでしばらく表舞台に出ていなかったのよね。以来初めての外交が、私たちの結婚一周年記念祝賀パーティーだなんて！　正直言ってありがた迷惑だわ！

時の人である王太子ルクリエースに会えると分かった各国から、慌てて参加者を名代だった外交官から自国の王族に変えたいという申し入れが殺到した。

最初の数ヶ国は気前よく変更を受け入れていたジークハルトだったが、これが何国も続くとなれば話は別だ。

ただの外交官ならそれなりのもてなしをすればいいだけだったが、王族ともなるとそういうわけにはいかず、相応しい場所を提供しなければならないからだ。

滞在する部屋の格式や、宴の席の変更、スケジュールの調整、等々。変更に次ぐ変更に、誰もがうんざりしていた。ロイスリーネもジークハルトも、カーティスも、侍女長も、女官長も、料理長も。いや、ルベイラの王宮で働いている人間は全員そう思っているだろう。

……もちろん、王族を密かに護衛している『影』たちも。

――リグイラさんが頭をかきむしっている姿が目に浮かぶわ〜。

「もう開催まで一ヶ月を切っているので、さすがに打ち止めでしょう。……というか、今日かぎり宰相権限で断ることにします。こんな間近になっての変更を許すと、相手に舐められるかもしれませんからね」

カーティスが凄みのある笑顔のまま言うと、ジークハルトがリストを受け取りながら頷いた。

「そうしてくれ。これが最後だ。以降の変更は国王権限で禁止する」

「承知いたしました。それでは私はこれで」

せいせいした表情を浮かべるとカーティスはダイニングルームから出ていった。さっそく変更停止の措置をとるのだろう。

「はぁ、まさかこれほど影響があるとは思いませんでしたね」

リストを前にうんざりしたようにため息をつくロイスリーネに、ジークハルトが同意する。

「そうだな。ルベイラは大神殿とはそれなりに深い付き合いがあるが、神聖メイナース王国との結びつきは弱い。だから今回も形式的に招待はしたが、いつものように枢機卿の誰かを名代として送ってくるだけだと思っていた。まさか王太子が出てくるとは夢にも思わなかったよ」

「ですよね。私もびっくりです」

「後遺症（こういしょう）もなく健在であることを諸外国に示すために、大国であるルベイラの祝賀パーティーを利用したいのかもしれないが……面倒なことになったな」

ファミリア神殿を統括（とうかつ）する大神殿は、神聖メイナース王国内にある。

六百年前に起こった大陸中を巻き込んだ戦いにおいて、大神殿を守るために誕生したのが神聖メイナース王国だ。そのため、王国と大神殿の力関係は大神殿の方がはるかに上で、大神殿のために神聖メイナース王国があると言っても過言ではない。

——だからこそ暗殺事件が起こった時はルベイラだけではなく、世界中が驚いたのよね。内部分裂にも等しいことだったから。

新しく選ばれた教皇が目覚めた王太子に謝罪して、大神殿と王国の協力関係は今までと変わらないということを約束してこの件は終わった。……のだが、一向に王太子が表舞台に出てこないとあって、最近になって「王太子は本当は亡くなっているのではないか」などという噂も出始めていたらしい。

——ルベイラにとっては本当、いい迷惑だけど！

「王族のお客様が増えると、警備の方も増やさないといけませんものね」

言ってはなんだが、一介の外交官と王族では警備にかける人数が桁違いなのだ。王族が一人や二人増えたくらいではたいしたことはないかもしれないが、さすがにこれだけ各国の王族が増えるとなると、対処が追いつかない。

ジークハルトは再びため息をつく。

「ああ。予備兵を投入しても足りないかもしれないな。地方に展開している軍の一部を戻すことも考えている。王都の警備も増やす必要があるしな」

「地方から貴族もやってくるし、商人も増えるでしょうから、いつも以上に王都に人が集まりそうですね」

『緑葉亭』も忙しくなりそうだと思いながら、ロイスリーネは空になったカップを置いて椅子から立ち上がった。

「それでは陛下、私はお先に失礼します。女官長と侍女長と相談して、賓客の部屋の変更と侍女の手配をしなければなりませんし」

「ああ。……っと、ロイスリーネ」

ジークハルトは椅子から立ち上がると、さっとテーブルを回ってロイスリーネの前に立った。

「陛下？」

何か言い忘れたことでもあるのかと思い、ロイスリーネはキョトンとする。そんな彼女をよそにジークハルトは彼女をふわりと抱きしめると、屈んで額にキスを落とした。

「っ……！」

「頼んだぞ」

額に触れる温かい感触と、囁かれた言葉とともに前髪にかかる吐息のくすぐったさに、ロイスリーネの頬がカァッと熱くなった。

「は、は……いっっ」

「今日は店に行くんだろう？　くれぐれも気をつけて」

「っ……はい。気を、つけますっ」

ジークハルトは顔を上げるとロイスリーネから身を引く。その際ロイスリーネは、表情こそ淡々としていたものの、ジークハルトの耳のあたりが赤くなっているのを見逃さなかった。

——はぅあああああ！　恥ずかしいっ！

「そ、それじゃ、私はこれで」

恥ずかしさのあまり一刻も早くこの場を離れたくて、エマに目線で合図を送る。さすがのエマは、主人夫婦のラブシーンを見ても平然とした表情を崩さなかったものの、その隣に立つジークハルトの従者エイベルがにやにやと笑っているのが目に入ってしまい、ますますいたたまれなくなってしまった。

ロイスリーネはエマを連れてそそくさとダイニングルームを離れた。

——ああ、恥ずかしい。もう、陛下ったら、人前でっ！

いつものようにぞろぞろと人を引き連れて廊下を歩きながら、ロイスリーネは脳内で盛大に文句を垂れる。その顔はまだほんのりと赤かったが、指摘するような野暮な者は一人もいなかった。

——いえ、落ち着くのよ、ロイスリーネ。別に唇にしたわけじゃないし、額にキスなんて親愛の情の表われに過ぎないんだから！

それでも今までのジークハルトとの距離感からしたら大変な進歩なのだが、恋愛初心者のロイスリーネは人前で愛情を示されることにまったく慣れていないため、素直に受け止めることができないのである。

額にキスごときで恥ずかしがる彼女を見て「こりゃ、当分お世継ぎは無理だな」と、その場にいる皆が生ぬるい視線を送っていたことを、ロイスリーネは知る由もなかった。

女官長と侍女長を呼んでもらい、リストをもとに新たな賓客の部屋と侍女の手配について話し合っているうちに、あっという間に時間は過ぎて、『緑葉亭』に出勤する時間になった。

ロイスリーネはいつもの街歩き用のワンピースとエプロンに着替えると、ジェシー人形を抱えたエマを振り返る。

ジェシーはロイスリーネの姉のリンダローネが贈ってくれた人形だ。エマはロイスリーネが留守の間、このジェシー人形に魔法をかけて身代わりにして不在をごまかしてくれている。

さて、そのジェシー人形だが、つい最近はロイスリーネの身代わり以外の役割を果たしたことがある。『女神の御使い』の入れ物（というか身体）になっていたのだ。

『女神の御使い』は女神ファミリアの眷族神のことで、過去にもロイスリーネの先祖にある『女神の愛し子』ローレンの前に現われて忠告や助言をしたことがあるようだ。

行方不明になったディーザ審問官と偽聖女イレーナたちを捜索するためにエイハザールの荒野に向かった『影』の一員、マイクとゲールの前に現われて色々と手を貸してくれたらしい。

その後、ロイスリーネたちの前にもジェシー人形、もとい『女神の御使い』は現われたが、あまり多くを語ることなく天に帰っていった。

「あら、ジェシー人形のそのドレス、カテリナの新作ね」

ジェシー人形は水色のふわふわした裾のドレスと、同じ生地で作られた大きなリボンを頭に着けていた。王妃付き侍女の一人、カテリナ製作の一品だ。

裁縫好きのカテリナはよく人形のドレスを作ってはジェシーに着せているのだ。そのドレスのデザインはロイスリーネのドレスに転用されたりすることもある。

カテリナがにっこりと笑った。

「はい、そうです。布が余ったのでリボンもつけてみました。可愛いですよ、リボン」

「……リボンはほどほどにね。ジェシーには可愛いかもしれないけれど」

装飾がこてこてのドレスを作られてはたまらないので牽制すると、カテリナは少し残念そうにしながらも素直に頷いた。

「はい。王妃様には王妃様らしいドレスのデザインを考えておきます」

「よろしくね。じゃあ、エマ、皆、そろそろ行くわね。後はお願い」

「はい、行ってらっしゃいませ、リーネ様」

「行ってらっしゃいませ、王妃様」

エマと侍女に見送られてロイスリーネは寝室に向かった。

寝室の壁（かべ）に埋め込まれている大きな姿見の奥は王族だけが使える秘密の通路になっており、ロイスリーネは主にお忍びで王都に行く時に使っている。本来であればルベイラ王族の血を引いていないロイスリーネには使えないはずなのだが、彼女の持つ祝福（ギフト）がそれを可能としているのだ。

姿見の扉（とびら）から通路に入ったロイスリーネは、慣れた様子で薄暗（うすぐら）い通路を進んだ。


王都の東門に近い位置にその食堂はあった。

『緑葉亭』という看板のついた、小さいながらも安くて美味（おい）しいと評判の店だ。

その店を切り盛りするのは恰幅（かっぷく）の良（い）い女将（おかみ）のリグイラと、女将の夫で料理人のキーツ、そして昼限定だがウェイトレスをしているリーネだ。

「いらっしゃいませ～」

店に入った客はリーネの笑顔に迎えられる。リーネは黒髪（くろかみ）のおさげに眼鏡という少し野暮ったい格好をしているが、いつも笑顔で明るく応対してくれるので、皆に好かれている看板娘だ。彼女目当てに店に通っている客も多い。

最近、リーネにはカインという軍人将校の恋人ができたらしく、何人かの若い衆を泣かせたが、彼女を可愛がる常連客たちにはおおむね歓迎されており、店の売り上げにはまったく影響もなかったらしい。

「お待たせしました。日替わり定食です。こちらの器はまだ熱いので気をつけてくださいね」

「リーネちゃん、勘定よろしく頼むよ」

「お勘定ですね、少々お待ちください。あ、リグイラさん、A定食二つお願いします」

「リーネちゃん、注文いいかな？」

「はい。すぐ行きます〜！」

昼はひっきりなしに客が訪れる。まるで戦場だ。けれどリーネや女将たちは慣れた様子でテキパキと客をさばいていった。

「お疲れさん、リーネ。ほら、まかないだ」

ようやく昼の営業時間が終わり、「休憩中」の看板を出したリーネに女将のリグイラが言った。

「はーい。あ、今日のご飯はシュテン魚のムニエルにトマトのリゾット、そしてレモンのゼリー寄せですね。美味しそう！」

　目の前に出されたまかないに歓声を上げると、リーネはさっそく温かなご飯を食べ始めた。

「美味しい！」「キーツさん、さすが！」と頬張りながら食べる姿はとてもじゃないが一国の王妃とは思えないものだったが、美味しそうに食べるリーネにそんなことを指摘できる人間はこの店にはいなかった。

　そう、『緑葉亭』の看板娘リーネの正体は、ルベイラ王妃ロイスリーネその人だ。

　慣れない王妃業をしているロイスリーネにとって『緑葉亭』で働くのは、唯一素の自分をさらけ出せるとても大切な時間だ。ジークハルトがロイスリーネのお忍びを容認しているのは、彼女の気持ちが分かるからだろう。

　ちなみに、「リーネ」の恋人の「カイン」はジークハルトその人だ。ジークハルトもまた、素の自分に戻る時間を必要としていた時期があり、ジークハルトは今も時々カインになっては『緑葉亭』を訪れてリーネと仲良く手を繋いで帰っている。

　要するに似た者夫婦なのだ。

「ごちそう様でした」

　まかないを食べ終えたロイスリーネは手を合わせる。使った食器を調理場に置いて戻ると、常連客がちらほらと店に集まり出していた。だが、その人数はいつもよりだいぶ少ない。

「皆さん、調査に行ってるんですね……」

ポツリと呟くと、近くに座っていた常連客のゲールが頷いた。

「半数ぐらいは国外だな」

「残りも王宮の警護に駆り出されることになってるぞ」

口を挟んだのはゲールの向かいに座っているマイクだ。

この二人は近くの織物工場で働いているやや中年寄りの男性二人組だ。共に独身で、暇さえあれば『緑葉亭』に飲みに来ている。……は表向きのこと。

実を言うとここにいる『緑葉亭』の常連客及びリグイラたちは普通の人ではない。彼らはジークハルト直属の第八部隊の面々で『影』と呼ばれている者たちなのだ。

仕事内容は多岐にわたり、国王と王妃の護衛や、情報収集。間諜、はたまた命じられれば暗殺までこなす、味方にすれば頼もしく、敵にすると恐ろしい集団である。

その第八部隊の部隊長をリグイラ、副部隊長をキーツが務めていて、この『緑葉亭』は『影』たちの集合場所となっている。

そんな『影』たちは今、クロイツ派の幹部――いや、夜の神の眷属たちの封印場所を探しに大陸中に散っていた。

クロイツ派というのは「奇跡や魔法は神のもの。人間が使うべきではない」という思想のもと集まった連中だ。彼らは、魔法使いやギフトと呼ばれる神から授かった特殊能力持ちの女性——「聖女」や「魔女」たちを攫っては殺していった。

　そのため、ファミリア神殿をはじめ、神々を祀った各神殿からも異端視され迫害され、大昔に一度は姿を消した……と思われていた。

　ところが彼らの思想はすたれることなく、一部の者たちの間で細々と残っていたようだ。五、六十年ほど前から再びクロイツ派の動きが活発化し、あちこちで魔法使いやギフト持ちの女性たちが攫われて殺害されるという事件が多発するようになった。

　——その都度叩き潰すいたちごっこが続いていたのだけれど……。

　調べていくうちに、実はクロイツ派の幹部たちは、夜の神の眷属だということが分かってきたのだ。

　夜の神の眷属とは、神話に出てくる古い神の一柱に仕える獣と人間の両方の特徴を持つ亜人のことを指す。言い伝えによると、夜の神の手足となって人間を虐殺して恐怖に陥れたが、女神ファミリアの意を受けた者たちによって封印されたはずだった。

　ところがクロイツ派の幹部は、この夜の神の眷属が人間の身体を乗っ取り、操っているものらしいということが、つい最近、『女神の御使い』によって明らかになったのだ。

　彼ら夜の神の眷属は身体こそ封印場所に縛られているのだが、儀式によって人間という器に魂を移し替えることで自由に動けるような状態になっているらしい。

つまり、クロイツ派の幹部は人の身体を乗っ取った夜の神の眷属そのものであり、移し替える身体さえあれば何度でも復活してくる。

以前倒したと思っていたシグマも、デルタも、ラムダも、もう新しい肉体を得て復活している可能性が高いのだ。

——たとえ捕まっても彼らは肉体が死ねばそこから抜け出してすぐに逃げてしまう。だから陛下はまず彼らの封印場所を探し出して、封印を補強、もしくはクロイツ派が近づかないように叩きのめせば、もう二度と復活できなくなると踏んだのよね。

現に『女神の御使い』とマイクとゲール、それにディーザ審問官たちによって、ニコラウス審問官の身体を乗っ取っていた夜の神の眷属「イプシロン」は完全に封印することに成功した。「イプシロン」だけはこの後、儀式を行おうが復活することはないと『女神の御使い』は言った。

それを踏まえ、ジークハルトは『影』たちに大陸中に散らばる夜の神の眷属たちの封印場所を特定するよう命じたのだ。

——ただ、問題は、眷属たちの封印場所がはっきりしていないことよ。

何しろ二千年も前の話だ。文献も少なく、封印場所がはっきり分かっていない以上、それらしき言い伝えがある場所をしらみつぶしに見て回るしかないのが現状だ。

——クロイツ派の動向が分かれば封印場所も判明するかもしれないけれど、未だに彼らの動きははっきりしていないと言うし。

「封印場所を探している『影』たちも、祝賀パーティーが始まるまでには一度戻るように言ってある」

　リグイラが口を挟んだ。

「クロイツ派の連中が祝賀パーティーを利用してルベイラに入り込むかもしれないからね。何しろ、奴らの目的はここにあるんだ」

　言いながらリグイラが指をさしたのは、地面だった。

　初代国王ルベイラによって王都の地下のどこかに夜の神が封印されて眠っている。幹部たちの目的は間違いなく夜の神の復活だ。いずれなんらかの形で彼らは再びルベイラに姿を現わすだろう。夜の神の封印を解くために必要とされているロイスリーネの命を狙うためにも——。

「初代国王の霊廟、あそこがなんか怪しいですよね。デルタとラムダが頻繁に出入りしていたらしいし。私が思うに……」

　ロイスリーネが自分の考えを言おうとした時だった。少し険しい表情をしたキーツが突然厨房から現われた。

「部隊長、リーネ、ファミリア大神殿に送り込んでいた『影』から連絡があった。ディーザ審問官がこう言っているそうだ。『新しい教皇の傍にいる女性神官が、偽聖女イレーナとうり二つだった』とな」

「…………は？」

ロイスリーネは目を剝いてキーツを見返した。

「お前さん、それ本当かい？　偽聖女イレーナといえば、エイハザールの荒野でイプシロンに襲撃されて以来、行方不明になっていたじゃないか。それが大神殿に、しかも教皇の傍にいるだって？　一体、どういうことだい？」

リグイラがキーツに詰め寄る。だが、キーツも返す答えなど持っているはずもない。

「さてな。わけが分からん。この件はディーザ審問官と大神殿にいる『影』が調べるそうだ。詳細を待つしかねえ」

店にいる『影』たちも、思いもよらない事態に互いに顔を見合わせている。

ロイスリーネは胸もとをきゅっと握った。

――なんか、胸騒ぎというか、とてつもなく嫌な予感がするわ……。

思えばこれが今回の大騒動の始まりと呼べるものだったと、のちにロイスリーネは思い返すことになるのだった。

第二章　お飾り王妃は国王の秘密に迫る

偽聖女イレーナの情報はジークハルトにももたらされていた。ただ、こちらは『影』ではなく、ジョセフ神殿長経由だ。

「ディーザ審問官によると、その偽聖女イレーナ似の女性神官は、最近になって教皇の傍に侍るようになった女性で、たいそう気に入られているとのこと。教皇の側近たちにも受けはいいそうです。教皇の散歩にもよく付き添うので目撃談は多いのですが、誰も彼女のことを不審に思っていないとのこと。ディーザ審問官はだからこそ怪しいと感じているようですね」

カーティスの報告に、ジークハルトも同意するように頷いた。

「俺もディーザ審問官に同意する。ぽっと出の女性神官が教皇の傍に侍っているのを誰も不審に思わないのがまず怪しいと言っているようなものだ」

「はい。ただ、書類上での不備もないそうで。イレーナの顔を知っているのはディーザ審問官ただ一人なので、糾弾するにしても、材料に欠けるようですね。ひとまず、大神殿にいる『影』にもディーザ審問官と協力してイレーナ似の女性神官の背後を探ってもらうようにします」

「そうしてくれ」

ジークハルトは執務室の椅子の背もたれに背中を預けてため息をついた。

「やっぱり大神殿で何事か起こっているな」

「そうですね。ニコラウス審問官の件といい、大神殿で何かことを起こそうとしているようにも思えます。もしくは大神殿を根城にしているのか」

「大神殿の内部にクロイツ派と夜の神の眷属が巣食っているとなれば大事だな。さすがに俺でも手に余るかもしれない」

「人を送り込めないもんね～」

突然口を挟んできたのはワゴンの前にいるエイベルだ。エイベルは従者らしくジークハルトとカーティスのためにお茶を用意しながら言った。

「こっちも人員ギリギリで回しているから。せめて祝賀パーティーが終わっていたらよかったんだけど。タイミング悪いよね」

「そうだな。……ニコラウス審問官はイレーナのことは覚えていないんだったよな」

偽聖女イレーナと元神殿長のガイウスを護送していたディーザを襲った犯人は、ニコラウスだ。だが、それはニコラウス本人のせいではなく、彼の身体を乗っ取ったイプシロンによる犯行だった。

「ええ。ここ半年あまりの記憶がまったくないそうです。偽聖女たちをどうして攫ったのか、どこへ連れて行ったのか、ニコラウス審問官本人も皆目分からないそうです」

カーティスが答える。

「だろうな」

洗脳されていた本人にその間の記憶がないのは、ターレス国のトレイス元侯爵の件ですでに判明している。どれほど尋問しようがニコラウス本人から答えを得ることはできないだろう。

「ニコラウス審問官がいつ誰によって洗脳されたか判明すれば、クロイツ派に繋がる大きな手掛かりになるはずなんだが……それも分からないんだよな？」

「ええ。乗っ取られた時期は半年前あたりではないかとディーザ審問官は言っておりますが、すでにその前からニコラウス審問官は洗脳状態にあったとみられます」

ニコラウスはクロイツ派に洗脳されて、身体を乗っ取られたという自身の失態を恥じており、捜査にも非常に協力的だという。けれど、残念ながら今のところ有力な情報は得られていない。

「そもそも彼らはなぜニコラウス審問官を洗脳対象に選んだんだろうか」

ふと気になったジークハルトは自問するように呟いた。

「そりゃあ、内部監査室の情報が欲しかったからでしょ。内部監査室の審問官を味方につければ、大神殿でのクロイツ派の活動は隠匿し放題だし」

エイベルが淹れたお茶をジークハルトとカーティスの前に置きながら自論を述べる。

「現に、大神殿の資料保管室から盗まれた文献を買いあさっていたという、クロイツ派と繋がりのある古美術商。そいつに情報を流して逃亡に手を貸したのもニコラウス審問官なんでしょ？」

「ああ、そのようだ。それでディーザ審問官はニコラウス審問官に疑いを持ったらしい」

「でしょう？　そういう仕事をさせるためにニコラウス審問官を洗脳したんじゃないの？」

「エイベル。陛下はそういうことを聞いているのではないと思いますよ」

カップを持ちながらカーティスが眉を上げた。

「もちろん、クロイツ派の利になるように審問官を洗脳したんでしょう。けれど陛下が言いたいのは、数多くいる審問官の中でなぜニコラウス審問官だったかです。そうでしょう、陛下？」

カーティスの的確な説明に、ジークハルトは頷いた。

「ああ。内部監査室の誰かを洗脳したいのなら、ディーザ審問官でも他の審問官でもよかったはずだ。それがなぜニコラウス審問官だったのか。偶然か？　いや、そうじゃないと思う。きっとニコラウス審問官がそうとは知らないうちにクロイツ派の誰か、あるいは先に洗脳されていた誰かと接点があったからだろう。他の審問官にはないニコラウス審問官だけが接点を持つ何かが」

「なるほど」

　エイベルはポンッと両手を打った。

「だったら、ニコラウス審問官が特に仲良く接していた誰かかもしれないね。それなら他の審問官ではなく彼を狙（ねら）った理由になると思う」

　洗脳薬はトカラの実の汁（しる）を抽出（ちゅうしゅつ）して加工したものを注射で投与（とうよ）するか、もしくは直接服用させて使用する。注射の方が効果は高いが、それなりに手練（てだ）れだったニコラウス審問官がむざむざと注射を打たれるとは考えづらい。しかも何日にもわたって何度もとは。

「ああ。おそらく知らない間に摂取（せっしゅ）させられていたのだろう。一番可能性が高いのは、何度も訪（おとず）れた先で出されたお茶にトカラが入っていて、警戒することなくそれを飲んだといったところじゃないかな。つまり——それなりに親しい人物が怪しいということになる」

「そうなるとだいぶ絞（しぼ）られますね。内部監査室もすでにそのことには気づいているかもしれませんが、叔父上（おじうえ）……いえ、ジョセフ神殿長を通じて伝えておきましょう」

「頼（たの）む。人員が割（さ）けない以上、大神殿のことは彼らに頑張（がんば）って調べてもらうしかないからな」

「はい。承知いたしました」

カーティスは頷いた後、一拍置いてからジークハルトを見た。

「陛下。それに関連して、もう一つお伝えしたいことがあります。ジョセフ神殿長がクロイツ派と思しき古美術商が古文書を買いあさっていたことが気になるというので、仕事の合間に手分けして二人で情報を集めてみたんですよ。そうしたら、妙なことが分かりました」

「妙なこと？」

「はい。ファミリア大神殿だけではなく、ここ数年の間に他の神々を祀る神殿からも古文書が盗まれる事件が相次いでいたのです」

「何だって⁉」

ジークハルトは目を見開く。

「そのどの事件にもクロイツ派の影が見え隠れしています。それでふと思いついて、今までクロイツ派の被害を受けた国や、未遂だった事件まで再度別の角度から見てみたんですが……。ありましたよ、共通項が」

「共通項？」

「はい、たとえば、セイラン王子の洗脳事件が起こったターレス国の王宮には、先々代国王が作ったとされる最大級の図書館があります。王妃様の命を狙ったアーカンツ伯爵がデルタとラムダと出会ったというライヒルド国、あそこには火の神フラウド神を祀る神殿の総本山があり、古い文献や書物を集めた資料館があります。そしてちょうどアーカンツ伯爵が赴任していた時期に、その資料館から古文書のたぐいが盗まれるという事件が起こっておりました」

カーティスは指折り数えながら次々と例をあげていく。

「さらに六年ほど前に我々がクロイツ派と剣を交えることになったコールス国。婚約破棄騒動が起こった国ですね。あそこはつい先日引退した教皇の出身国で、女神ファミリアに関する資料を集めた世界有数の図書館があります。王族しか閲覧できない古文書のたぐいもあったそうです。……過去形なのは、あの騒動でいくつか紛失しているのが発覚したからです。第二王子が懇意にしている男爵令嬢に貢ぐために売り払ったらしいですよ。さらに――」

なおも続きそうなカーティスの話を遮ったのはエイベルだった。

「あー、カーティス、もう十分理解したから、そこまででいいよ。全部聞いていたらキリがない！　要するに奴らはずいぶん前からそういうのを集めていたというわけだよね。もしかしたら、そのために王族を洗脳していたんじゃない？　非公開の貴重な資料を集めた書庫も、王族なら入れるから」

「ああ。俺たちはクロイツ派が国の乗っ取りを企んでいるんじゃないかと思っていたが、そうじゃなかったんだろう。奴らの目的は夜の神の復活だ。今思えば、国を乗っ取っても目的にそぐわないばかりか、いたずらにルベイラや大神殿の目を集めるだけ。最初から、国を支配するつもりなんてなかったんだろうな。そして、奴らが古文書や古い文献を集める理由は、ただ一つ。それが夜の神の復活に関連しているからだろう」

「十中八九そうでしょう。ちなみに、調べたらルベイラの王宮図書館にもデルタとラムダが何度も足を運んでいた形跡が残っています。魔法で保護してあるので、盗まれはしなかったのですが、古文書に目を通した可能性は十分にあるかと」

「ちっ、霊廟のことといい、人の足元でふざけた真似をしてくれる」

忌々しそうに舌打ちをすると、ジークハルトはカーティスに言った。

「奴らが目を通したと思われる資料を確認してくれ。何か手がかりになるかもしれない」

「はい。ついでに図書館の警備を強化してもらうようにライナスに言っておきます」

「頼む。夜の神については分からないことが多すぎる。この際、資料を洗い出しておくのもいいかもしれない」

会話が途切れた時を狙って、エイベルが手つかずのお茶を示した。

「話がまとまったところで、せっかく淹れたんだから、冷めないうちに飲んでほしいな。王妃様の祖国ロウワンから送ってもらった茶葉なんだからさ」

「そういえば、この間ロイスリーネ宛てに送られてきた荷物の中に、お茶が大量に入っていたな」

笑顔のロイスリーネが脳裏に浮かび、ジークハルトは身体の力を抜いた。

「そう。王妃様がおすそ分けしてくれたんだ。エマが嫌そうな顔をしながらも美味しい淹れ方を教えてくれた。あの時のエマの顔ったら最高だったな～」

その時のエマの様子を思い出したのか、エイベルはくすくす笑う。変態ここに極まれり、と思いながらジークハルトはお茶に口をつけた。

爽やかな香りが鼻腔をくすぐる。ルベイラで生産されるお茶よりも、渋みが少なくすっきりとした味わいだ。

――ロイスリーネもこれと同じお茶を毎日飲んでいるのだろうな。

ジークハルトは昨夜や今朝のロイスリーネの様子を思い出して、ふと眉を寄せた。

「……最近、ロイスリーネの様子が変なんだ」

ぽつりと呟くと、カップに口をつけていたカーティスが顔を上げた。

「変とは？」

「なんだかじっと俺の方を見ては首を横に振ったりしている。どうしたのか尋ねても『なんでもない』と答えるんだ。うさぎの時も同じで、俺を膝の上に乗せてじっと見ては首を横に振っている。明らかに何か思い悩んでいるみたいなんだが、俺には言ってくれないんだ」

「ええと、それは……」

カップをじっと見下ろしているジークハルトは、カーティスとエイベルがさっと視線を合わせたことに気づいていない。

「それは多分、ジークが無事だったことを噛みしめているだけじゃないかなぁ」

エイベルが言うと、カーティスも同意するように頷いた。

「ええ。陛下がうさぎから戻れなかった間、王妃様は不安ながらもそれを表に出さずに公務を頑張っていらっしゃいました。きっとその時のことを思い出して、陛下が無事に動いてしゃべっていることを実感しているのでしょう」

「うさぎの時もなんだが……」

「うさぎを溺愛している王妃様のことだから、きっと心の中で『うーちゃん、可愛いっ』って身悶えているんだと思うよ」

「……そうかな？　いや、ロイスリーネのことだからありえなくはないが」

ジークハルトの中のロイスリーネはうさぎ愛が激しい人物としてすっかり定着している。そのため、そういうこともあるかなという感想だった。

「そんなに気になるんだったら、様子を見に行けばいいんじゃない？　そろそろ『緑葉亭』から戻っている頃でしょ？」

「……行ってもいいのか？」

「僕が代役をやっているから、行ってきなよ」

とエイベルが言えば、カーティスも微笑みながら頷く。

「ええ、書類仕事もだいたい終わりましたしね。この後の王妃様はリリーナ様と晩餐を共にする予定になっていますが、まだ時間も十分あるので問題ないかと」

「そうか。じゃあ、頼む」

ジークハルトは立ち上がると、いそいそと左耳のピアスに触れる。こちらのピアスはライナスお手製魔道具になっていて、呪いを活性化させることで昼間でもうさぎに変化することができるのだ。

たちまちジークハルトの身体は青灰色のうさぎの「うーちゃん」に変わった。

（カーティス、エイベル。あとは頼んだぞ）

二人に心話で告げると、ジークハルトは秘密の通路がある姿見の向こうに駆け込んだ。

「王妃様さ、あれ絶対、うさぎのジークの正体に気づきつつあるよね」
ジークハルトがいなくなった後、カーティスとエイベルはこんな会話を交わしていた。
「そうですね。ライナスに『動物に変身できる魔法はあるのか？』と尋ねたそうですので、おそらく気づいているけれど、いまいち確信が持てないといったところでしょう」

「ジークにさ、王妃様にバレそうだって教えてあげなくていいの？　カーティスは」

　エイベルが尋ねると、カーティスはいつもの柔和な笑みを浮かべた。

「特に教える必要はないですし、王妃様にバレても別に構いません」

　へろりとエイベルも笑う。

「だよね～。だいたい僕らは散々うさぎの正体や呪いのことを伝えるべきだって忠告していたのに、ジークが『恥ずかしい』だの、『嫌われるのが嫌だ』だの言って隠してるだけだもんね。そりゃあ、ジークは主だから協力しているけど、別にバレたって僕らには関係ないし」

「はい、私たちには全然何の影響もありませんね。むしろバレた方がこちらも楽です。ですから、当然、陛下に忠告する必要もありません」

「僕もね、前回ジークが戻れなくなった時、前もってちゃんと自分の呪いのことを告げていれば、もう少し王妃様は気持ちを楽にしていられたんじゃないかなと思ってさ。ちょっとジークに物申したい気分なんだよね。王妃様、気丈に振る舞っていたけれど、すごく痛々しかったから。……うん、もっとジークは振り回されるべきだよ」

「同感です」

　二人は互いに顔を見合わせ、とても良い笑顔を交わした。

「まぁ、うーちゃん、会いにきてくれたのね！」

「キュウ」

『緑葉亭』から戻り、着替えて寝室で休んでいたロイスリーネは、姿見の後ろから現われたうさぎの姿を見て相好を崩した。

迎え入れるように両手を広げると、うさぎはポーンポーンと跳ねるように移動してきて、ロイスリーネの腕の中にすぽんと収まる。

ロイスリーネはうさぎに頬ずりをした。

「あー。うーちゃん、可愛い！　世界一可愛い！」

「キュウウ（やっぱり気のせいだったのか）」

うさぎがジークハルトなのかはさておき、可愛いのは事実なので、ロイスリーネの溺愛が変わることはないのだ。

ベッドの縁に腰をかけて、前足の肉球をぷにぷに触りながら報告する。

「うーちゃん、今日も『緑葉亭』はとても繁盛していたわ。だけど常連客の皆は出払っている人が多くて、それは少し寂しかった。祝賀パーティーには間に合うように戻ってくるそうだけど」

「キュー（そうか）」

「祝賀パーティーもクロイツ派の幹部たちの封印場所探しも早く終わってほしいわね。なんか、こう、皆が揃ってないとすごく何かが足りない、欠けてるって気になってしまうの」

「キュ（そうだな）」

「そうそう。しかも今日は終わりがけに大神殿にいる『影』から、偽聖女イレーナによく似た女性神官が教皇猊下の近くにいるという報告があったの。イレーナもガイウス元神殿長もあれ以来行方不明だし、その女性神官がどうも怪しい気がする」

「キュウン（俺もそう思う）」

「でも、リグイラさんは大神殿まで人を送る余裕が今はないって。ディーザ審問官にまかせるしかないみたいなのね。はぁ、早く祝賀パーティー終わらないかしらね。やるべきこと、考えるべきことはたくさんあるのに、祝賀パーティー関連に時間も人員も取られるのは歯がゆいわ。私ですらそうなんだから、陛下たちはもっとそう思っているでしょうね」

「キュウ（ああ）」

ぷにぷにぷにぷにと肉球を押しながらロイスリーネはとりとめもないことをつらつら口にする。

ちなみに寝室には誰もいない。立ち仕事をして疲れているロイスリーネを休ませるため、エマや侍女たちは隣の居間の方に控えているからだ。

「あー、うーちゃんを見ていると癒されるわぁ」

偽聖女イレーナのことを聞いて以来、なんだかずっと落ち着かなかった気持ちが、うさぎを撫でているだけで静まっていく。

——これでうーちゃんが陛下じゃないって分かれば、もっと落ち着くんだけど……。

何しろ疑惑が頭から離れなくて、どちらを見てもつい考え込んでしまう。いい加減に折り合いをつけないと、ジークハルトにいらぬ心配をかけてしまいそうだ。

——なんとか「うーちゃん＝陛下」じゃないことをはっきりさせないと。あ、そうだわ！

ふとロイスリーネの頭の中に閃くものがあった。

——うーちゃんがいる状態で陛下もいれば、二人は同一人物じゃないって証明になるじゃないの！

「よし、陛下のところに行こう！」

ロイスリーネはうさぎを抱えて立ち上がりながら宣言した。

——そうよ、ちょうど報告したいこともあるんだし、このままうーちゃんを陛下の前に連れていけばいいのよ。二人が同時に同じ場所にいるところを目にすれば、この疑惑はすっきり解消するわ。

いい考えだと自画自賛しながらロイスリーネは居間の方へと向かった。もちろん、うさぎを抱えて。

慌てたのはうさぎのジークハルトの方だ。何しろ今来たばかりなのに、執務室へ逆戻りすることになるのだから。

それに、執務室にはエイベル扮するジークハルトがいるが、勘の鋭いロイスリーネにはきっと本物ではないことが分かってしまうだろう。

なんとか行くのを免れるためにロイスリーネの腕の中から逃げようとしたジークハルトだったが、妙にしっかり抱きかかえられているため、逃亡することは叶わなかった。

「エマ、陛下のところへ行くわ。確か陛下はこの時間、公務はなくて執務室におられるはずよね」

居間に入るや否やそう告げると、エマや他の侍女たちが面食らったようにロイスリーネを見た。

「は、はい。そうですが、いきなりどうしたのです？」

「侍女の件、明日の朝伝えようと思ったのだけれど、早ければ早いほどいいかなって」

というのは建前で、うさぎとジークハルトが一緒にいる姿を見たいだけなのだが、報告があるというのは本当だ。

想定した以上に他国の王族がやってくるので、彼らにつける侍女が不足していた。

粗相（そそう）があっては困るので、貴族階級出身の上級侍女、それも賓客（ひんかく）や王族の扱（あつか）いに慣れた者じゃないといけないのだ。

――で、私付きの専属の侍女を数人、祝賀パーティーの期間だけ貸すことになったのよね。……いや、正確に言えば、私が貸すって言い出したんだけど。

何しろロイスリーネ付きの侍女は皆侍女長お墨（すみ）付きの有能な者たちばかりだ。立派に務めてくれるだろう。

何より、ロイスリーネの侍女は見栄（みば）えのためにたくさんつけられているが、実際はそれほどの人数が必要なわけではないというところが大きい。つまり数人貸し出してもまったく問題はないのだ。

――問題はないけど、一応陛下の許可も得ておいた方がいいと思うのよね。

「エマ、先触（さきぶ）れをお願い。護衛騎士たちにも伝えてね」

「分かりました」

エマや侍女たちは承知したとばかりに礼をとると、バタバタと動き始めた。

それから十分後、ロイスリーネはうさぎを抱えたままいつものようにぞろぞろと侍女と護衛騎士たちを連れて廊下（ろうか）を移動していた。

ロイスリーネの姿……というより、大勢を引き連れて歩く一団を見かけた使用人や文官たちが廊下の隅に移動していく。その際、ロイスリーネの抱いたうさぎを見かけてぎょっとする者もいたが、大半の人間が驚いた様子を見せなかったのは、きっとイレーナが偽聖女だと証明する際に広間で起こったことを目撃していた人たちだろう。

王妃の部屋がある本宮にジークハルトの執務室もあるので、あっという間にたどり着いたロイスリーネは、扉が開かれるのを待った。

「入れ」

中から入室を許可するジークハルトの声が聞こえた。

――陛下がいらっしゃる！　やっぱりうーちゃんは陛下じゃないんだわ！

だがその喜びも、部屋の中に入ってジークハルトと言葉を交わすまでだった。

「どうした、ロイスリーネ？」

執務室の自身の椅子に座ったジークハルトはいつもと変わらないように見える。けれど、ロイスリーネはごまかされなかった。

エマとうさぎだけ連れて執務室に入ったロイスリーネは、窓を背に座るジークハルトをしばしじっと見つめていたが、やがて残念そうに首を振った。

「エイベルじゃないの。あなたがその姿でそこにいるということは、陛下は外にお忍びに出られているのね？」

部屋の中にはジークハルトしかいない。カーティスの姿がないことはよくあるが、ジークハルトのいるところに従者であるエイベルがいないのは不自然だ。

　要するにここにいるのはエイベルが魔法で扮したジークハルトなのだろう。

　へらりとエイベルはジークハルトの顔で笑った。

「あ～、やっぱり王妃様にはバレちゃうか。遠目ならいけるかなと思ったんだけどな」

　――陛下の顔でしまりのない笑顔をされると、なんか力が抜けるわね……。

　ロイスリーネは「はぁ」とため息をついて言った。

「持っている雰囲気が微妙に違うから、分かるのよね。あとは勘かしら」

「王妃様の勘か。侮れないなぁ」

「それで、陛下は留守なの？　あなたが一人でいるのも珍しいわね」

　エイベルがジークハルトの代役を務めている間はたいてい、カーティスがフォローに入るべく常に一緒に行動しているはずなのだが。

「ジークはちょうどさっき、街の様子を見てくるって出ていきましたよ。カーティスは今ジョセフ神殿長と話をしている最中です。それで話とは？　うさぎまで引き連れているとはよっぽど重要な話みたいですね」

　エイベルはロイスリーネの腕に抱かれているうさぎを意味ありげに見つめる。うさぎはうさぎで胡乱な目つきでエイベルを睨み返していた。

　――なんだか今にも唸りそう。うーちゃんはめったにそんな態度を見せないのに。これはやっぱり陛下の飼いうさぎとして過去にエイベルとなんらかの確執があるとか……？

「そんなものはないですよ。というか王妃様、思ったことが全部口に出ているので気をつけてくださいね」

「そ、そう、声に出ていたかしら？」

「……リーネ様……」

エマがいたたまれないといった様子で顔を手で覆っている。どうやら本当に思ったことが口に出ていたらしい。

——あぶないあぶない。気をつけないと。うさぎの正体が陛下だと疑ってるなんて知られたらまずいものね。

ごほん、と咳払いをするとロイスリーネは本題に入るべく口を開いた。

「私が今日来たのは、賓客の王族につける侍女の数が足りないから、私付きの侍女を祝賀パーティーが終わるまで数人ほど貸し出そうと思っているからなの。でも勝手に決めるわけにもいかないから、陛下の許可をもらおうと思って……」

ぴくりとうさぎの耳が動く。エイベルに胡乱な目を向けていたうさぎは、ロイスリーネを見上げるように見つめた後、再びエイベルに視線を向けた。

エイベルは笑顔を引っ込めてうさぎをちらりと見た後、ジークハルトのように難しそうな表情を浮かべて言った。

「王妃様、申し訳ありません。それはジークに聞いてみないと僕ではなんとも言えません」

「そうよね。明日の朝食の時に陛下に直接尋ねてみます」

「無駄足を踏ませて申し訳ありません」

「仕方ないわ。タイミングが悪かったのね。それじゃ、私は部屋に戻るわ」

――結局陛下はいないから、うーちゃんと同時にいる場面を見ることはできなかったわ。

「ごめんね、うーちゃん。付き合わせて」

すごすごと部屋に戻ってきたロイスリーネは、うさぎに頬ずりをしながら謝った。

「大人しくうーちゃんと部屋で遊んでいればよかった。せっかく来てくれたのに、あと少ししたら晩餐のためのドレスに着替えないといけないの。支度に時間がかかるから」

気にするなとばかりにうさぎはロイスリーネの顎をぺろぺろと舐めた。ロイスリーネの胸がきゅうんと高鳴る。

――ああ、私のうーちゃん！　私の癒し！

「お願い、うーちゃん。この後も気持ちよく過ごせるように、うーちゃんを吸わせて！」

欲望のまま頼み込んだとたん、うさぎの表情が無になった。まるで死の覚悟を決めた突撃兵のようだったと、のちにロイスリーネは回想している。

そっとベッドの上にうさぎを下ろすと、無の表情のままうさぎはコテンと転がり、腹を見せた。死の覚悟を決めた突撃兵……ではなく、ロイスリーネに吸わせる覚悟を決めたのだろう。

――はあああ、至高！

青灰色のモフモフの腹毛。顔を埋めたらふわふわでとても気持ちよさそうだ。

さっそく飛びつこうとしたロイスリーネだったが、ふと動きが止まった。

――待って、もしうーちゃんが陛下だったら、私は陛下のお腹に顔を埋めようとしているの？　陛下の、お腹に……お腹に……顔を……。

「…………………」

「……キュ？」

いつまでも動こうとしないロイスリーネに気づいたうさぎが不思議そうに見上げてくる。その黒いつぶらな瞳と、ピコピコと動く長い耳に、ふわふわの腹毛。どれもがロイスリーネに早く触れと誘惑してくる。……十中八九気のせいだが。

――はうわぁぁ顔を埋めたい！　でも、もし陛下だったら私、痴女っぽくないですかね？　それは許されるの？　ねぇ、許されるの⁉

うさぎを吸いたい。だが、もしジークハルトだったら恥ずかしくて死ぬ。けれど、今はうさぎだし、うさぎだし、うさぎだし――という思考をぐるぐると巡らせた後、ロイスリーネは斜め上の方に吹っ切った。

――いいわよね、もし陛下でも私の夫だもの！　陛下のお腹に顔を埋めて吸うのは、妻である私なら許される!!!

「はあああ、うーちゃーん！」

ロイスリーネはばふんとうさぎの腹に顔を埋めた。ふわふわした毛が顔に当たる。ほのかな体温と鼓動が耳に響いてくる。

「スー、ハー、スー、ハー。これよこれ、これを求めていたの！　ありがとう、うーちゃん！　ありがとう、うさぎの陛下！」

興奮のあまりわけの分からないことを言いながら吸っているロイスリーネをよそに、うさぎ（ジークハルト）は無の境地と表情で妻の愛を受け止めたのだった。

第三章　お飾り王妃は真実を知る

うさぎを思う存分吸ってから二時間後、ロイスリーネはタリス公爵令嬢リリーナとの晩餐の席にいた。

晩餐といっても堅苦しいものではなく、友人とおしゃべりしながらいただく夕食会のようなものだ。

リリーナはジークハルトのはとこで、幼馴染でもある美しい女性だ。闊達で明るい性格で、好奇心旺盛でもある。

そんな彼女は匿名で作家をしており、ロイスリーネやエマが大好きな推理小説『ミス・アメリアの事件簿』シリーズも彼女の手によるものだった。

――最近、アメリアとヒーローのケルンの恋愛面がだいぶ進んできていて、女性にも大人気なのよね。この前出た巻は怪我を負ってしまったケルンの代わりにアメリアが孤軍奮闘するという話で、あわやという場面でケルンが登場してヒロインを救ったのよ。しかも最高だったのが、その後思いを交わした二人が夕日を背景にキスをするシーン！　すごく素敵だったわ！

どこかで聞いたような話なのだが、似たようなシチュエーションでキスをしていたことなどすっかり忘れているロイスリーネは、小説の内容を思い出しては感嘆のため息を漏らした。

実は『ミス・アメリアの事件簿』に出てくるアメリアとケルンのモデルはロイスリーネとジークハルトだ。リリーナは身近な人物を題材にして小説を書いているのである。

もっとも、リリーナがモデルにしているのは主役二人の恋愛面だけで、最近まで二人の仲が進展せずファンをやきもきさせていた。ロイスリーネとジークハルトの仲が進んだので、小説の関係も進んだだけなのだ。

つまり、この話の行く末はロイスリーネたちにかかっていたりする。

「リリーナ様の新刊、好調だと聞いています。すごく素敵な話だったから当然ですけどね」

「まぁ、ありがとうございます、王妃様。これも王妃様と陛下のおかげですわ」

これは純然とした事実なのだが、ロイスリーネはお世辞だと受け止めた。

「私はファンとして応援していただけです。でも、今回ようやくアメリアたちの仲も進展したのだから、これはいよいよ二人が結婚！　という話になってもおかしくありませんね」

「それがですね、どうもまだ二人の間にはひと波乱ありそうなのです。ケルンが隠していた秘密をまだアメリアは知りませんもの。この先どういう展開を迎えるのか、私もワクワク……ではなくて、ドキドキしているのですよ」

物語の中で、ケルンはある秘密を抱えており、それが二人の恋の障害となっているのだ。その内容というのは小説内ではまだ明かされておらず、ファンの間では懸案事項となっていた。

「ということはいよいよ、ケルンの秘密が明らかになるのですね？」

思わず身を乗り出したロイスリーネに、リリーナはにっこりと笑った。

「はい。アメリアの視点でケルンの秘密に迫っていく予定ですの。読者に最初からタネを明かすのでなく、アメリアの視点になって明かされていく真相にドキドキできるように」

「まぁ、それはすっごく楽しみです！　次の巻の刊行が待ち遠しいわ！」

食後のデザートとお茶を楽しみながらひとしきり小説の話で盛り上がった後、リリーナは改まった口調でいきなり尋ねた。

「それで、最近王妃様は何を悩んでおられるのです？」

「え？」

びっくりしてリリーナを見返すと、彼女はいたずらっぽい笑顔になった。

「色々な人の口から情報が入ってきてますのよ。まぁ、主に陛下からですけれどね。『最近、ロイスリーネの様子が少し変なんだ。どうも何か悩んでいるらしい』って仰るので、この機会にお尋ねしようと思った次第です。もちろん、陛下から探るように頼まれたわけではありません。むしろ小説の参考になるのではないかと思いまして……」

「は、はぁ……」

どうやらまたリリーナの悪い癖が出たらしい。

リリーナは普段はきちんとした淑女なのだが、好奇心が旺盛すぎて色々なやっかいごとに首を突っ込む趣味がある。もちろんそれは小説のネタを探してのことだが、何かやらかすたびに尻拭いをしているのは、親戚兼幼馴染のジークハルトと従者のエイベル、そして彼らの兄的立場のカーティスである。

ちなみにリリーナの父親であるタリス公爵や兄は、娘（妹）の言動を面白がって煽るばかりで、諫めることはないようだ。よって、どうしてもリリーナの制御役はジークハルトが負う羽目になっている。

――それにしても、うーちゃんの正体で悩んでいること、そんなに私、態度に出てしまっていたのね。うまくごまかしていたつもりだったんだけれど……。陛下にまで心配をかけていたなんて。

「あくまで私が知りたいだけですから、陛下に報告の義務はありません。王妃様が望むのであれば、私は一生沈黙を守りとおすと誓います」

「リリーナ様……」

しばらく逡巡していたロイスリーネだったが、覚悟を決めてリリーナに自分の疑惑について話をすることにした。

――陛下に心配までかけてしまっているんですもの。胸の中に収めておけないのだったら、いっそこの疑惑に白黒つけた方がいい。

そうすればすっきりした気持ちでジークハルトとも向き合えるだろう。

「リリーナ様、聞いていただけますか？」

「ええ。もちろんですとも」

リリーナはにっこり笑うと、エマをはじめダイニングルームの中にいた使用人たちに席を外させ、防音の魔法まで施した。

「『影』たちに聞かれると陛下に報告される恐れがありますから。王妃様が望めば黙っていてくれるでしょうけど、念のため」

「そ、そうですね。ありがとうございます」

失念していたが、ロイスリーネは常に『影』たちによって護衛されている。姿は見えないし、気配も感じられないが、今も遠くない場所からロイスリーネを見守っているはずだ。

「さて、準備はできましたわ。王妃様。一体、何をそんなに悩んでおられるのです？」

向かいに座るリリーナのどっしり構えた姿に頼もしさを感じながら、ロイスリーネは口を開いた。

「実は――」

ロイスリーネは素直に自分の疑惑をリリーナに語った。

ジークハルトが呪いで動けない時間にやってくるうさぎのこと。彼らが同じ場所にいたことが一度もないと気づいたこと。ジークハルトがいると思われたガーネット宮で見たのはうさぎであり、侍女長がそこに「陛下」を呼びにやってきたこと。

そして、可愛がっているうさぎの「うーちゃん」がジークハルトではないかと疑っていることなどを。

「まさかと思いながらも、どうしても頭から離れないんです……。それでつい、うーちゃんや陛下を凝視してしまって……」

「なるほど」

荒唐無稽な話で、ジークハルトとうさぎを同一視しているなど不敬にもほどがあるが、リリーナはロイスリーネの話を笑ったりはしなかった。

すべてを聞き終えたリリーナはしばし考えた後、微苦笑を浮かべた。

「なんとお答えしたらいいのか。……王妃様。私は王妃様の疑惑に対しての答えを知っております。でも、なんとなく私がここでそれを教えてしまうのは、何か違うと思うのですよね。だからどうお答えしようか悩んでおります」

「……でも、真っ向から否定はなさらないんですね、リリーナ様」

もしロイスリーネの疑惑が完全に勘違い(かんちが)いであったなら、リリーナの性格からしてすぐに「陛下がうさぎ？　そんなことはありえませんわ」と答えているだろう。

――私の疑惑を否定しなかったことが、もう答えのようなものじゃないかしら？

つまり、ロイスリーネの溺愛(できあい)しているうさぎはジークハルトなのだ。

ロイスリーネは微妙(びみょう)な気持ちになった。本音を言えば疑惑を否定してほしかったのだが、逆に核心(かくしん)に近づいてしまったようだ。

「私がお教えするのは簡単なのですけどね。でも、王妃様。私、やっぱりその疑惑については王妃様自ら答えを見つけるのがいいと思うのです」

「私が自分で？」

「はい。かと言ってあまり王妃様を長い間悩ませるのは本意ではありません。ですから、ちょっとしたヒントを教えて差し上げましょう」

リリーナはいつもの明るい笑顔になって片目をパチンとつぶった。

「ヒント、ですか？」

戸惑(とまど)うようにリリーナを見返すと、彼女は椅子(いす)から立ち上がった。

「王妃様にぜひ見てもらいたいものがありますの。場所もここから近いですし、今から行きましょう。案内いたします」

「え、今からですか？」

「はい。鉄は熱いうちに打てと言いますしね。さぁ、王妃様」

促され、困惑しながらもロイスリーネはリリーナに連れられて、本宮の正面玄関にやってきた。

「王妃様に見ていただきたいのは、歴代国王と王妃の肖像画なんです」

正面玄関から謁見の間へと続く長い廊下には、歴代のルベイラ国王と王妃の肖像画が所狭しと並んでいる。外国からの賓客や国内外の貴族にルベイラがどれだけ歴史のある国なのかを示すためだ。

「この肖像画がヒントなんですか？」

「その通りです。これらの絵の中に真実が隠されているのです、王妃様」

エマやロイスリーネを護衛する騎士たちは少し離れた場所で見守ってくれている。

――この肖像画に一体どんなヒントがあるというのかしら？

ロイスリーネは大きな肖像画を見上げた。

正面の奥に大きく飾られているのが、建国したルベイラ王だ。ただし、当時の絵ではなく、のちの時代に文献や言い伝えなどをもとに描かれたものだ。

絵の中のルベイラ王は晩年なのか白いひげを生やし、貫禄のある老人王として描かれている。その隣にある横顔だけの肖像画は、彼の妻で亜人の血を引いていたと言われるミケーラ王妃だ。

「このあたりは想像で描かれたものなので、さくさくと見て進みましょう。私が見ていただきたいのはここ五、六百年の、実際に画家が本人を見て描いたとされる肖像画です」

ルベイラの長い歴史の中で国王の位についた者は百人以上に及ぶ。

歴代国王の肖像画を眺めながら廊下を進んでいくと、謁見の間に近い場所でリリーナは足を止めた。

「これが六百年前のキーファス王。このあたりからは本人を描写したものらしいですわ。キーファス王の王妃はマルガレーナというコールス国の王女だった方。可愛がっていらした犬と一緒に描かれています」

リリーナの言う通り、肖像画の中で痩身の王の隣には栗色の巻き毛の女性が描かれていて、彼女は青灰色の毛の犬を抱えていた。

「次はキルシュ王。キーファス王とマルガレーナ王妃の嫡男だった方です。この方は従妹のレイティア姫と結婚して一男二女をもうけました。次はエイリーク王で、次は――」

次々と肖像画を指さしてリリーナは説明していく。ルベイラの王妃として教育も受けていたし、嫁いだばかりの頃に女官長と侍従長から歴代国王の肖像画の前で同じような説明を受けているので、ロイスリーネも知っている話ばかりだ。

――これのどこが真相に繋がるのかしら？

内心首を傾げながらロイスリーネは歴代の国王と王妃の肖像画を眺めていく。

「この方がマルドーク王の妃で、トリシュ王妃。見事な豹と並んで描かれておりますわ」

トリシュ王妃とマルドーク王は別々のキャンパスに描かれており、リリーナの言う通りトリシュ王妃の横にはすらりとした真っ黒な豹が立っていた。その豹の瞳は青灰色をしている。

――…………あれ？

ふとロイスリーネはそのことに気づいて目を見開く。

ルベイラ王族は動物好きなのか、数代おきに肖像画に動物が描かれていた。動物の種類は犬や鳥や豹などさまざまだ。けれど、それらの動物には一つだけ共通している部分があった。

――今まで見てきた肖像画の動物は、青灰色の毛並みを持っているか、もしくは青灰色の目をしている。

ジークハルトの持つ青灰色の目はルベイラ王族の特徴ともいうべきもので、肖像画に描かれた歴代国王のほとんどがその色を帯びていた。

「これは先々代の国王であるアンリ陛下。ジークハルト陛下の祖父で、私にとっても大伯父にあたる方です。セレーネ王妃様とは幼馴染同士だったそうですわ。そしてセレーネ様が抱(だ)いておられるのが、お二人が可愛がっていらした猫(ねこ)の『アンリ』」

　先々代の王妃セレーネが抱いている猫は、青灰色の毛並みをしていた。

「次はフリードリヒ王。ジークハルト陛下のお父君にあたる方です。隣に立っているのは陛下が幼い頃に亡(な)くなった母親のティーラ王妃様。そして、最後はジークハルト陛下とロイスリーネ王妃様の肖像画ですわ」

　最後に壁(かべ)にかかっていたのは、嫁いできたばかりの頃画家に描いてもらった、ジークハルトと並んで立っている二人の肖像画だった。隣(とな)り合(あ)っているのにお互(たが)い少しよそよそしい雰囲気(ふんいき)が、一年前の二人の関係を如実(にょじつ)に表わしている。

「今はこの肖像画ですが、いずれ王妃様も新たな肖像画をここに掲げることになるでしょうね。……さぁ、王妃様。ここまでご覧になって気づいたことは？」

　リリーナは意味ありげに微笑(ほほえ)んだ。

「つまり、それは……ここに描かれた動物たちは皆(みな)……」

　ドクン、ドクンと心臓が大きく脈打っている。

　――そして、陛下は。うーちゃんは。

「王妃様、初代国王ルベイラとミケーラ王妃は亜人の血を引いていたそうです。それが答えですわ」

「亜人……」

その瞬間、ロイスリーネの頭の中で何かがカチリと嵌ったような音がした。

亜人は夜の神が創った、人間と動物、その両方の特性を持つ種族であったという。

——呪い。ああ、だからなのね。

身体に青灰色を持つ動物。それは歴代国王のもう一つの姿。

「腑に落ちました。……ええ、だからなのですね」

ロイスリーネは自分たちの肖像画の前でポツリと呟いた。

夜になり、寝支度を整えたロイスリーネの元に今日もうさぎはやってくる。

——うーちゃんは、陛下なのだわ。夜の神の呪いの影響で、夜だけ動物になってしまう。……それがルベイラ王族に代々伝わる『呪い』の正体。肖像画に描かれた青灰色の動物は、その時代の国王のもう一つの姿。

それがロイスリーネが導き出した答えだ。

——そうなると、全部に説明がついてしまうのよね。

もう八割方うさぎはジークハルトなのだろう。けれど、そう思っても心から納得できたかというと怪しい。

「キュ?」

じっと見下ろすロイスリーネを、うさぎが不思議そうに、そして心配そうに見上げてくる。

——だって陛下なのに。無表情でにこりともしない陛下なのに、こんなに可愛いなんてありえなくない?

「リーネ様?」

膝(ひざ)の上のうさぎをじっと見つめるロイスリーネにエマが声をかける。

「どうかなさったんですか? あまりに凝視するものだから、うさぎさんが戸惑っていますよ」

いつもと異なるロイスリーネの態度にエマも心配になったらしい。

——エマにはうーちゃんが陛下かもしれないってことを伝えていないものね。リリーナ様との話も聞こえないようにしていたから。

「ねぇ、エマ。どうしてうーちゃんはこんなにも可愛いんだと思う?」

尋ねたとたん、エマは胡乱(うろん)な表情になった。

「……心配して損をしました。いつものリーネ様ですね」

「ちょっとどういう意味? 私は本気でそう思ってるのに。うーちゃん、雄(おす)なのにこんなに愛らしくてっ」

うさぎを胸に抱き上げて訴えるも、エマに軽くいなされる。

「はいはい、そうですね。さて、そろそろ寝た方がいいと思います。明日も『緑葉亭』に行かれるのでしょう？」

エマは天蓋のカーテンを下ろしながら尋ねてくる。ロイスリーネはむぅと口を引き結びながら頷いた。

「ええ」

リリーナに言われたのだ。詳細を知りたいのならば、リグイラに聞けと。『影』を率いる身として彼女はすべてを知っている人間だからと。

――まぁ、そうよね。もし本当にうーちゃんが陛下ならば、それをリグイラさんが知らないわけはないもの。

「うーちゃん。寝ようか」

「キュウ」

ロイスリーネはうさぎを抱えたままごそごそとベッドに上がった。シーツの上に下ろされたうさぎはいつもの定位置である枕元に移動し、丸くなる。

それを確認し、自分も横になったロイスリーネは、ふぅとため息をついた。

――私はいつものようにうーちゃんと接することができていたかしら？

態度が変わらないように気をつけたし、モフ毛の誘惑には抗えないため普通に撫でまわしてしまったが、やはりどこか違うと感ずるものがあったかもしれない。うさぎからは常にロイスリーネを心配しているような様子が窺えた。

――うーちゃんに心配かけるようじゃだめだわ。しっかりしないと。陛下に私が知ってしまったと告げるか否かも含めて、これからどうするかよーく考えないと……。

そんなことを思いながら目を閉じると、寝つきのいいロイスリーネは五分後には眠りの淵に降りていた。

寝つきがいいだけではなく、ロイスリーネは夜中もめったなことでは目が覚めない。それはエマも、そしてジークハルトもよく知っていることだ。

だがやはりこの日は違っていたのだろう。珍しくも、ロイスリーネは夜が明ける前に目を覚ました。

いつかのように夢うつつになるのではなく、パチリと目を開けたし、意識もはっきりしている。

――あら、珍しい。

そう思いながら枕元を窺うと、丸くなったうさぎの毛玉が「クー、クー」と静かな寝息を立てていた。

いつもは目覚めるともううさぎの姿はなくなっているので、とても新鮮な気持ちになって横になったまま眺めていると、突然うさぎがバッと顔を上げた。

あっけに取られているロイスリーネをよそに、何やら焦った様子のうさぎは一目散にベッドを降りて秘密の通路へと通じている姿見の方へ駆けていく。

びっくりしたロイスリーネは思わず起き上がり、そして、本能の赴くままベッドを抜け出してうさぎを追った。

追いかけないといけない、となぜか思ったのだ。胸がドキドキとして心が急いた。

――早く、早く、早く！

ロイスリーネは裸足のまま姿見の奥に消えたうさぎを追いかけて秘密の通路に飛び込んだ。

通路はほぼ暗闇に近い。分岐路に近づくと人の気配に反応して明かりが灯るようになっている場所もあるが、基本的にはランプを持ち歩かなければ足元すらおぼつかなくなる。

今、裸足のまま秘密の通路を走るロイスリーネの手にランプはない。なのに、先を行くうさぎを追いかけることができるのは、まさにそのうさぎが淡い光を発しているからに他ならなかった。

――うーちゃんが、光っている。

それは幻想的な光景だった。走るうさぎの姿は全体的に白く発光していて、淡い軌跡を残しながら先へと進んでいく。それを追いかけるロイスリーネは、まるで幻想の世界に入り込んでいるかのようだった。

実際は秘密の通路を歩く時、ジークハルトはうさぎの姿であっても光の魔法を使って移動している。その魔法で生み出された光が残像となってロイスリーネの目にはうさぎが発光しているかのように映っているに過ぎないのだが、当の本人は知る由もない。つい寝坊してしまったジークハルトがうさぎから人間に変化する兆しを感じ取り、慌てて通路に飛び込んだこともちろん知るはずもなかった。

光るうさぎを追いかけてロイスリーネはひた走る。

すると、うさぎを取り巻く光が一層強くなった。

——あれは、何……？

目を見開くロイスリーネの視線の先で、光に包まれたうさぎの輪郭が溶けていく。それはいったん光に混じって、区別がつかなくなった。さらに急速に形を変えて別の何かの輪郭を取っていく。

それは人の形をしていた。

——あれは……あれは……あの背中は……。

人の形になったとたん、光は少しだけ弱くなった。おぼろげだった輪郭がはっきりして、背の高い男性の後ろ姿となって現われる。

淡く透ける髪の毛も、襟足につく長さの後ろ髪も、しっかりとしたその背中も、全部ロイスリーネには見覚えがあるものだった。

——陛下、なの？

顔は見えない。見えるのは淡く光る後ろ姿だけ。けれどロイスリーネはそれがジークハルトその人であることが分かった。

……いつの間にかロイスリーネの足は止まっていた。

その間にも淡く光るジークハルトの後ろ姿はどんどん遠くなり、やがて消えた。

——うさぎから人の姿になっていた。あれは、あれは絶対陛下だった……！

この時までロイスリーネは、心の奥底ではうさぎがジークハルトだということを信じていなかった。リリーナから八割方うさぎがジークハルトだと知らされても、その残りの二割の部分でまさかと考えていたのだ。

けれど、今はっきりとその目でうさぎが人間に変わるところを見てしまった。

——うーちゃんは陛下だった。愛らしくて賢くて、強くて優しい私のうーちゃんが陛下だった。

ふらふらとした足取りでロイスリーネはもと来た道を引き返す。真っ暗闇だったが、ショック状態のロイスリーネは気にしなかった。迷いそうなものだが、帰り道は身体が覚えている。

壁に手を当てながら歩くロイスリーネの頭の中ではぐわんぐわんと何かが響いていた。もしかしてそれはショックを受けた音だったのかもしれないと、のちにロイスリーネは思

ったものだ。

寝室に戻ったロイスリーネは思考停止したままベッドに潜り込んで目を閉じた。

……だから気づかなかった。隣の居間にあるソファの上に置かれたジェシー人形が腕を組んでこう呟いていたことを。

「世話が焼けるわね、アベルとリリスの後継者は。世界の事象に関わることだけというルールを曲げて、つい手助けをしてしまったじゃないの。まぁ、これも世界の存続に関わることではあるから、いいかしら。だってあの二人から、夜の神の後継者が生まれるのですものね」

二度寝から目を覚ましたロイスリーネは昨夜の衝撃からすっかり立ち直っていた。

今日は朝からジークハルトに公務の予定が入っていたため、顔を合わせずにすんでいることも、ロイスリーネが冷静さを保っていられた大きな要因だろう。

——さて、やることは事実確認ね。リリーナ様の助言通り、リグイラさんに根掘り葉掘り聞いちゃうんだから。

腹を立てるのも、嘆くのも、恥ずかしがるのも、すべてを把握してからだ。

開き直ったロイスリーネの精神は恐ろしく強かった。

そうでなければ、祖国ロウワンでとっくにロイスリーネは劣等感に押しつぶされていたことだろう。

家族の中で唯一魔法を使えず、母や姉のように祝福を持たなかったことで、ロイスリーネは臣下や城で働く使用人に「期待外れの姫」と陰口をたたかれていた。家族は愛してくれたが、それだけに不甲斐ない自分への情けなさが身にしみた。

けれど負けたくなかった。陰口をたたく者たちに、運命に。

——私は私。持って生まれてこなかったのだから仕方ないじゃない。

そう開き直ることでロイスリーネはまっすぐ前を向いて生きてこられたのだ。

——そうよ。夫がうさぎに変身するからどうだっていうの。陛下を好きだという気持ちは変わらないし、うーちゃんは可愛いのだから、私はまるごと受け止めてみせるわ！

ジークハルトが聞いたら頼もしさに惚れ直しそうなことを考えながら、着替えをすませて「ウェイトレスのリーネ」になると、ロイスリーネはジェシー人形を抱くエマと侍女たちを振り返った。

「それじゃあ、私は『緑葉亭』に行ってくるわね。後のことは頼んだわ」

「行ってらっしゃいませ、王妃様」

「リーネ様、お気をつけて」

見送られて秘密の通路を急ぐロイスリーネはやる気に満ちていた。

「こんにちは、リグイラさん、キーツさん」

「おや、リーネ。今日は早めの出勤だね」

「こんにちは、リーネ。いや、この時間だとまだおはようかもしれんな」

出迎えたリグイラもキーツも、いつもと変わらなかった。『影』から報告を受けていないのかもしれないが、知っていてあえて黙っているということも十分ありえる。

――うん、きっと二人とも私がうーちゃんの正体に気づいたことを知っている。リリーナ様は、肖像画を見ている時は防音魔法をかけていなかったもの。だから、遠巻きにしていたエマたちには届いていなくても、『影』の人たちはきっと聞いていたはず。

「いつもより早めなのは、お二人に聞きたいことがあったからです。昼の営業が終わった後だと常連客の皆さんが来るかもしれないので、どうしても先にお二人に話が聞きたかったんです」

「そういうことかい。まぁ、そろそろだろうとは思っていたけどね。宰相閣下からも『もし王妃様から尋ねられたら話してしまってもいい』と許可は出てるから心配ないよ」

「カーティスがそんなことを？」

目を丸くすると、リグイラがにやりと笑った。

「あんたの態度は分かりやすかったからね。もともと、あんたに隠したかったのは、陛下だけだし。いつかはこうなると思っていたって。さ、お座りよ。ちょっとばかり長くなるからね」

カウンター席を指さすので素直に腰を下ろすと、その隣にリグイラが座った。キーツは話をリグイラにまかせて仕込みをするために厨房に向かっている。

「さてね、どこから話そうかと思ったけど、まぁ、最初からだね。つまり、二千年前、ルベイラを建国した初代国王が夜の神の呪いから人間を守るために、自分と彼の子孫すべてで呪いを引き受けようとした時からだ」

リグイラは言う。亜人の血を引いた者たちに呪いは無効だったことから、初代国王ルベイラは民を守るためにこの方法をとることにした。だが、代を重ねて亜人の血が薄れるにつれ、わずかな在位で衰弱死する者が現われるようになると、それに適応したかのように、先祖返りを起こす王が現われはじめた。

つまり、呪いが一番強くなる夜にかぎり、それに対抗するかのように王は動物の姿となって呪いをやり過ごせるようになったのだ。

変化する動物はその時によってさまざまだ。ジークハルトはうさぎになるが、先々代国王は青灰色の毛並みを持った猫に変化したという。

「夜の神の呪いは、強くなったり弱くなったりする。一定じゃないんだ。その強くなった時期に先祖返りのできなかった国王の末路は悲惨だ。徐々に衰弱して死に至る。……先代の陛下がそうだった。だから、ジークハルト陛下がうさぎに変化すると知った時は嬉しかったね。一番喜んだのは先代の陛下だ。息子はこれで長生きができると、涙を流して喜んでいらしたよ」

その時のことを思い出したのか、リグイラはしんみりとした表情になった。

——確かリグイラさんは先代国王陛下の時代から『影』を率いていたのよね。

仕える王が呪いで長く生きられないと知り、でも自分たちには何もできなくて。……王を守る立場だったリグイラたちは、どれほど己の無力を悔やんだことか。ロイスリーネにはきっと想像もできないだろう。

「今の陛下……当時はまだ王太子だった陛下は、父親を助けたくて一縷の望みを抱いて『解呪の魔女』であるローゼリア王妃を頼り、ロウワンに行った。結局、先代の陛下を助けることはできなかったけれど、その旅であんたと出会い『還元』のギフトという存在を知った。あたしらにとっても、あんたの存在は神様の贈り物のようなものだったさ。あんたが傍にいれば、陛下はルベイラ王家に伝わる呪いから解放されて、普通に生きられるようになるんだからね」

「リグイラさん……」

「あんたにとっては青天の霹靂だろうが、『還元』のギフトはあたしらに希望を与えてくれたんだ。それを忘れちゃいけないよ」

ロイスリーネは生まれた時、ギフト持ちではないと『鑑定の聖女』から診断されている。

ロイスリーネの母方の一族は、ギフト持ちを多く輩出している一族として有名だった。

ロイスリーネの母のローゼリア王妃は『解呪』のギフトを、姉王女のリンダローネは『豊穣』のギフトを持って生まれている。その中にあってロイスリーネはギフトを持たずに生まれてきた。

ところがルベイラに嫁いできて判明したのだが、ロイスリーネには『神々の愛し子』と『還元』という二つのギフトがあるらしい。らしいというのは、ギフト持ちである自覚がロイスリーネには皆無だからである。

けれど、ジークハルトの傍にいることで、『還元』という特殊なギフトで彼の呪いを少しずつ解いているのは確かなようで、当のジークハルトや彼の側近たちからは大いに感謝されていた。

——未だにギフトを持っている実感がないから、そう感謝されても……。

そこまで考えたロイスリーネはとある事実に気づいてしまい、愕然とした。

「……ちょっと待ってください、リグイラさん。私の『還元』のギフトは陛下の呪いを解いているんですよね？　それで、陛下のうさぎに変身している時間がだいぶ短くなってきていると」

「あ、ああ。あんたが来る前までは日の入りになると変身してしまうくらいだったのに、今ではだいぶ遅くまで変身しないですむようになっている。最近では夜半前までもつようになったから、あんたが眠る頃に合わせてわざわざ魔法でうさぎになっていることもあるらしいよ」

だがロイスリーネはリグイラの言葉を半分も聞いていなかった。彼女はたった今判明した事実に愕然としていたのだ。

「つまり、私が陛下の呪いを解いていくと、うーちゃんに会える時間が短くなり、完全に解けてしまったら、もううーちゃんに会えなくなるってことじゃないですか！　そんなの嫌です！」

「うーちゃんに会えなくなる」と想像しただけでロイスリーネの顔から血の気が引いた。その瞬間から、ロイスリーネの中に「うさぎ＝ジークハルト」であることの戸惑いや恥ずかしさの何もかもが消え失せる。

「だめです、ダメダメダメダメ！　うーちゃんは失えません。このまま陛下には一生うーちゃんでいてもらいたいです！」

「……はぁ？　あんた、何を言って……」

「私が呪いを解きすぎなければいいんですよね？　それなら夜中に陛下はうーちゃんになれますよね？　くっ、これは、なんとしてでも『還元』のギフトを使いこなせるようにならなければ！　うーちゃん保全計画を、立てなければ！」

──陛下にはもちろん呪いを解いて普通の生活を送ってもらいたいと思っているわ。でもうーちゃんを失うことと秤にかけたら、ねぇ？

この時のロイスリーネの脳内の天秤は、ジークハルトではなくうさぎに傾いていた。

「あ、陛下がうーちゃんだってことは、本物のうさぎと同じ寿命じゃないですよね。それならこの先も私はずっとうーちゃんを愛でられるということですね！」

「あんたって子は……」

拳を握るロイスリーネをリグイラが呆れたように見つめている。厨房から様子を見に来たキーツは鼻息も荒くやる気に満ちているロイスリーネを見て言った。

「……まぁ、その、なんだ。元気になったならよかったじゃねえか」

「よかった……のかねぇ？」

首を傾げざるをえないリグイラだった。

ロイスリーネは拳を握ったままぐるんとリグイラとキーツを振り向いて言った。

「あ、そうだ。リグイラさん、キーツさん。陛下には私が気づいたこと、黙っていてくださいね。うーちゃんが私のところに遊びに来てくれなくなると困るので。今まで通りでお願いします」

リグイラは大きなため息をついて疲れたように呟いた。

「ああ、言わない。……いや、言えないよ。うさぎの正体を知ったあんたが怒るでもなく恥ずかしがるでもなく、うさぎを失わないために真っ先に『呪いを解かないようにしよう』なんて言い出したことを知らされた陛下の気持ちを思うと……気の毒すぎて報告できないさ。とりあえず宰相閣下には伝えておくけど……」

ちなみにこの報告を受けたカーティスとエイベルは、ジークハルトのいないところで一人は腹を抱えて笑い、もう一人は床(ゆか)で笑い転げていたそうである。

「さて、今日も元気に働きましょうか！」

すっきりしたロイスリーネの元気な声が『緑葉亭』に響き渡(わた)った。

同じ頃、遠い神聖メイナース王国の王宮の一室で、一人の女性が呟いていた。

「羽虫がうるさく飛び交っているようね」

「羽虫……ああ、内部監査室(かんさしつ)のディーザ審問官(しんもんかん)ですね」

王太子ルクリエースは穏(おだ)やかな口調のまま、向かいのソファにしどけなく座る神官服姿の女性に答える。

「気になるようでしたら、潰(つぶ)しましょうか？」

女性は長い前髪(まえがみ)をかき上げながら、首を横に振った。つい先ほどまで教皇の傍に侍(はべ)っていた女性の神官服はやや乱れているが、それを直す気はないようだ。

「いいえ。ようやく欲しいものが手に入りそうなの。騒ぎを起こしていらぬ注意を引くのは得策じゃないわ。どうせ数日のうちにルベイラに出立するのだから、放置して構わない」

「御意」

ルクリエースは恭しく頭を下げる。

本来であれば女性神官の方が王太子に頭を下げる立場だ。彼女は神学を専門とする一介の神官に過ぎない。ひと月ほど前からルクリエースの家庭教師の一人として王宮に通ってはいるが、ぶしつけな態度を取れる立場ではないのだ。

にもかかわらずそれをルクリエースや同じ部屋に控えている王太子の従者たちが咎めることはない。

それどころか、彼らは女性神官に頭を下げ、恭順の意を示していた。

「仰る通りですね、プサイ」

「大事の前の小事です。しくじって計画の失敗を招くようなことはあってはなりませんね」

王太子の従者たちの名前はデルタとラムダ。器につけられた名前は別にあるものの、他者の目がある時以外呼ばれることはない。

そして今、部屋には女性神官とルクリエース、従者たちしかいなかった。

「ではディーザは放置しておきましょう。ふっ、イプシロンから逃れたことといい、よほどあの審問官は強運に恵まれていると見える」

くすくすとルクリエースは笑った。けれどその青い目は笑ってなどいなかった。

ルクリエースは金髪に青い目を持つ美丈夫だ。人当たりの良い穏やかな性格で、国民の人気も高い。その彼が前教皇の側近の雇った暗殺者に毒を塗った刃で刺されたのは四ヶ月近く前のことだった。一時はなかなか意識が戻らず心配されたものの、今はこうして傷も癒え、他国の祝賀パーティーに参加できるほどまで回復した。

国民も大神殿に所属する者も皆がホッと安堵し、王太子の回復を喜んだ。……ルクリエースの身体が、別の人間に乗っ取られているとも知らずに。

そう、ここにいるルクリエースは本人ではなく、その肉体を動かしているのはクロイツ派の幹部にして夜の神の眷属シグマだ。

五ヶ月ほど前、ターレス国のトレイス元侯爵に化けてルベイラ国に行き、捕まる寸前にロイスリーネたちの目の前で死んだはずの男だった。

シグマが乗っ取っていた肉体は死んだが、もともと魂だけの彼は不死身であり、こうしてルクリエースという新たな身体を得てこの場にいる。

デルタとラムダもまた同じだ。ルベイラで元の身体が死んだ後、ルクリエースの従者として蘇ったのだ。

すべてはあらかじめ計画していたことだった。

クロイツ派の幹部はある目的のものを手に入れるために、時には身体を入れ替えながらさまざまな国で暗躍していた。ルベイラ王の犬たちに邪魔をされることもあったが、長い時間をかけて望むものを手に入れてきた。

今こうしてシグマがルクリエースの身体を乗っ取っているのも、その大いなる計画の一部だ。

ルクリエースとなったシグマの最初の大きな仕事が、前教皇の側近が放った暗殺者の凶刃に倒れることだった。そうすることで前教皇に大きな貸しを作ったのだ。

だが予想外にルクリエースを襲った毒の影響は強く、意識不明の状態が長く続いたため、側近の犯罪を盾に脅す予定だった前教皇は事件の責任を取って退位してしまった。

だが、結果的にはその方がよかったのだろう。

メイナース王族をやや下に見ていた大神殿は、融和政策を取る新教皇のもと、ルクリエースに多大な配慮をするようになった。それまでは教皇に謁見したくともなかなか許可されなかったものが、今はルクリエースが望めば簡単に会ってくれる。

おかげで望むものはもうすぐ手に入るだろう。

前教皇の側近は『処分』された。内部監査室のニコラウス審問官によって。

すべてはルクリエースたちの計画通りにいっているはずだった。そう、計画通りだったはずなのだ。

「しかし、ニコラウスまで生きて戻るとは。おかげで内部監査室にクロイツ派の関与と洗脳のことが知られてしまい、うかつに手を出せなくなった」

「イプシロンがよもや失敗するとは思いませんでしたね」

デルタが言うと、ラムダも頷いた。

「おまけにイプシロンの封印場所をルベイラの連中に知られて復活の儀式まで邪魔されるとは。……ルベイラ王も王の犬どももバカではなかったということですね。……どうしますか、プサイ？」

ラムダが指示を仰ぐように見つめたのは、女性神官だ。女性神官は髪を指にくるくると巻きつけながらこともなげに答えた。

「どうするもこうするも、計画通りに動くだけよ。イプシロンのことは残念だったけれど、あのお方が復活なされば光の眷属たちが施した封印など容易に破壊できるわ。すぐにあのお方の元で再会できるでしょう。……その時は近いわ。ふふ」

指に巻きついた銅色の髪を見つめながらプサイと呼ばれた女性神官は微笑んだ。その笑みは楚々とした外見と相まって美しかったが、どこか禍々しさを含んでいる。

もしここにロイスリーネたちやルベイラのファミリア神殿に所属している者たちがいた

なら、あっと驚いていただろう。

なぜならプサイと呼ばれた女性神官は彼らのよく知る、偽聖女イレーナとうり二つなのだから。

ルクリエースはにっこりと笑う。

「その身体がお気に召したようですね、プサイ」

「ええ。前の身体も黒髪だったから気に入っていたけれど、この銅色もいいわね。それになんといっても、この娘の持つ魅了術は素晴らしいわ。魔力がさほどないのが残念だけど、それを補って余りある才能ね。イプシロンはいい仕事をしたわ」

プサイは銅色の己の髪の毛を見つめながら艶然と笑った。

「おかげで、ごらんなさい、魅了への耐性も高いはずの教皇猊下ですら、もう私の手に堕ちる寸前よ。聖職者といえども、所詮は人間の男。欲を煽ってやれば心の隙もできようもの」

「さすがプサイです」

「あなたが教皇に私を紹介してくれたおかげね、シグマ。あの教皇、あなたに教える神学について相談したいと言ったら、ほいほい受け入れてくれたわ。きっとあなたが二度と『政教分離』などと面倒なことを言い出さないように、私を使ってうまく教育できたらと思っているのでしょうね。愚かな男だこと」

プサイの顔に嘲笑が浮かぶ。

「でも、周囲に疑われることなく教皇の懐に入れるようになったのは僥倖だわ。鍵のありかは集めに集めた文献からもう予想できているもの。あとは鍵の封印に引っかからないように教皇自ら私に差し出させればそれで終わり。もうあの教皇にもこの国にも用はないわ。そうでしょう、シグマ、デルタ、ラムダ」

「御意」

恭しい仕草でシグマとデルタ、それにラムダが同意する。

「ラムダ、ルベイラでの準備は進んでいるかしら？」

「はい。すでに王宮の兵士の中に我らの手の者を潜ませております。ルベイラではこのたびの祝賀パーティーの警備のために兵を増員していたので、潜り込ませるのは簡単でした」

「ふふ、ルベイラの犬どもに一矢報いることができるわけね。ああ、すごく楽しみだわ」

「鍵が手に入ったら、すぐにルベイラに向けて出発しましょう。……そういえば、プサイ。地下室に閉じ込めているゴミはどうします？」

尋ねたのはラムダだった。プサイは眉を上げてしばし考えてから口を開いた。

「何かの役に立つかと思って一応残しておいたのだったわね。結局ゴミにしかならなかったようだけど。処理するのも面倒だから、私の前の身体と一緒に放置しておきなさい。そのうち衰弱して死ぬでしょう。近々私たちはこの王宮から出て、二度と戻らないのだから」

「御意。ゴミ処理の手間も省けるというものですね」

「そういうこと」

プサイは立ち上がり、空に向けてうっとりと笑いながら両手を広げる。その若草色の目は、遥か遠い昔に魂に焼きついた光景を見つめているようだった。

「ようやくあの方を解放できるのよ。この二千年の間、封印の中でどれほど人間を憎み、自由になれないことに歯噛みしたか。ああ、父にして母なる我が主。もうすぐ、もうすぐです。このプサイが必ずあなた様を解放して差し上げますから。人間どもよ、その時がお前たちの最後だ」

朗々とした声でプサイは紡ぐ。

「我こそはクロイツ派の教祖。そして最後の夜の神の眷属にして最強のプサイ。お前たちに恐怖と呪いと復讐の刃を向ける者だ」

それはまるで宣言のようでもあったし、呪いの言葉のようでもあった。

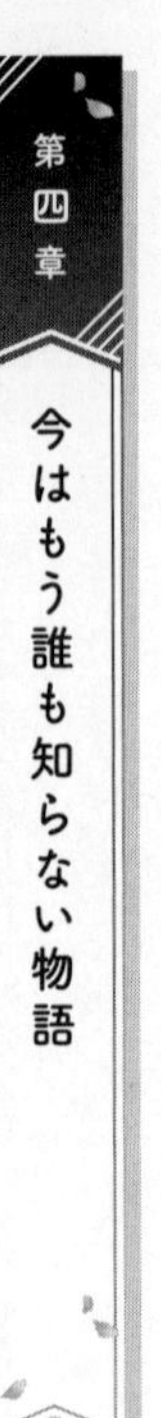

第四章 今はもう誰も知らない物語

祝賀パーティーまであと二週間。

招待客の変更によって混乱したものの、準備は順調に進んでいた。もうすぐ王宮に諸外国の賓客が続々と集まってくるだろう。

「混乱の原因となった神聖メイナース王国のルクリエース王太子ですが、ルベイラに向けて出立したようですね。祝賀パーティーの数日前に到着する予定となっております」

カーティスの報告にジークハルトは頷いた。

「そうか。大陸を横断するのだから、おそらく十日はかかるか。正直、彼の到着が直前になりそうで安堵している。早めに来られると混乱のもとになりそうだからな」

諸外国が祝賀パーティーに参加するのは何も大国ルベイラとの関係を強化しておきたいからだけではない。ルベイラに集まる普段は会えない他国の賓客と交流するいい機会だからだ。そのため、他国間のやり取りも頻繁になり、ルベイラ王宮という舞台を借りたちょっとした外交戦争のような状態になることもあるのだ。

　そこに話題の人物である王太子ルクリエースが到着すれば、どうなるかは火を見るより明らかだ。どの国も王太子との会談を申し入れ、隙あらば近づこうとするだろう。

　——混乱は必至だな。

「ルクリエース王太子には何事もなく速やかに帰っていただきたいものだな」

「そうですね」

　カーティスは同意すると、手にしていた紙に視線を落とした。

「それとはまた別の報告が、大神殿に送った『影』から届きました。新教皇の傍にいる女性神官が例の偽聖女に似ているという件です。調べたところ、二ヵ月ほど前にルクリエース王太子の教師として招かれた女性らしいです。教えているのは神学だそうで、教皇はたびたび王太子に教える内容について彼女から相談を受けているようだ、と」

「……ルクリエース王太子の教師、か。この件でもその名を聞くとはな」

「以前はセレロン地区の神殿に所属していて、神学の専門家としての実績もあり、子どもに教えていた経験もあるということで、推薦を受けて王太子の教師に選ばれたそうです。ですが……」

「あくまで書類上は、ということなんでしょ？」

　書類をジークハルトの机に置きながらエイベルが口を挟んだ。

「大神殿に来る前に誰かと入れ替わっていることも十分ありえるよね。数ヶ月前といったら、偽聖女イレーナとガイウス元神殿長が行方不明になった時期と一致している。僕、特に勘が鋭い方じゃないけど、どうもきな臭い気がするな」

「そうだな。もしその女性神官がクロイツ派と何か関わりがあるとしたら、ルクリエース王太子にも注意が必要だな。……まったく、そんな怪しい相手を王宮に迎え入れることになるのか」

「もしや、ルベイラに来る予定になっていたからこそ、クロイツ派が王太子に近づいたという可能性もあるのでは……。いずれにしろ、油断はできませんね」

カーティスがため息をつく。

「ひとまずその女性神官の素性については内部監査室が裏付けをとってくれるそうです。私たちに人を派遣する余裕はないので、あちらの調査に期待しましょう。見返りとしてこちらで調べたものも必要とあらば内部監査室に情報提供しなければなりませんが」

内部監査室とルベイラは今、ディーザ審問官とジョセフ神殿長を通じて一時的な協力体制を取っている。本来であれば内部監査室が特定の国と直接結びつくのは問題のある行為なのだろうが、クロイツ派に関しては後手に回っている以上、やむなしという決断のようだった。

――内部監査室にまでクロイツ派の手が及んでいた上、教皇の周囲にもクロイツ派の影があるとなると、自分たちだけでこの問題に対処するのは無理だと思ったのだろうな。

ルベイラとしても大神殿のことは彼らにまかせることができるので、悪くない取引だ。

「情報といえば、今日は『影』たちの報告会を『緑葉亭』でやるんだよね。カインもそっちに出席する予定なんだろう？」

エイベルの言葉にジークハルトは頷いた。

「ああ。クロイツ派の調査をしていた『影』も、夜の神の眷属の封印場所を探している『影』たちも祝賀パーティーに合わせて徐々に戻ってきている。あまり成果は得られなかったようだが、遠くまで調査に行ってもらったんだ。きちんと労ってやりたい。カインも第八部隊の一員だしな」

ジークハルトのもう一つの姿である軍人将校の「カイン」は、第八部隊所属ということになっている。つまり、報告会に出席する権利と義務があるのだ。

「『緑葉亭』に行っている間、頼んだぞ、エイベル」

そう言って国王代行をエイベルに頼むと、彼は軽い調子で手を振った。

「了解、了解。幸い誰かと会う公務じゃないから、執務室で書類処理をしているふりをして引きこもっていることにするよ。何かあったら心話で連絡するから心配しないで、ジーク。カインになるのも久しぶりなんだろう？」

「……そうだな」

うさぎから人間に戻れなくなり、ひと月近くカインになるどころかジークハルトとしても動くことができなかった。人間に戻ってからもその間の処理に追われ、なかなかカインになって王都におりることもできなかった。

「『緑葉亭』に行くのは久しぶりだし、キーツの料理も食べたいな」

「それでは少し早めに行けるように書類仕事を頑張りましょうね」

カーティスは微笑むと、即座に頭を切り替えて『宰相』の顔になった。

「エイベル。そちらの決裁待ちの書類も持ってきてください。こちらは私が先に目を通して、特に重要で緊急の決裁が必要なものをピックアップしたものです。まずはこちらの書類の確認をお願いします」

仕事は待ってくれない。ジークハルトは覚悟を決めて書類の束に手を伸ばした。お忍びのために仕事を疎かにするわけにもいかない。

三人で集中して仕事を片づけていく。……といってもエイベルは書類仕事をするわけではなく、書類の整理や確認済みの書類を各部署に送り届けているわけだが。

そのエイベルが決裁済みの書類を持ち上げながら何気なくジークハルトに問いかける。

「そういえばジーク。最近王妃様はどうなの？　前は何か様子がおかしいって言っていたけど」

ジークハルトは書類から顔を上げた。

「それが、すっかり元の調子に戻っていてな。エイベルたちの言う通り、先日のことが尾を引いていただけなのかもしれないな」

「そう、それならよかった」

エイベルとカーティスが視線を交差させていることにも気づかずジークハルトは続ける。

「最近ではうさぎに芸を仕込もうとしているな」

言いながらジークハルトはすっかりお馴染みになったロイスリーネとのやり取りを思い出していた。

『うーちゃん、お手』

なぜか最近のロイスリーネはやたらとうさぎに『お手』をさせたがるのだ。

犬じゃないんだけどな、と思いつつうさぎ（ジークハルト）が前足を乗せるとロイスリーネは嬉しそうに笑った。

『うーちゃん、お足』

ただ、不思議なのは『お手』の後になぜか足も乗せさせようとするところだ。うさぎの身体の構造上、片足を上げるのは骨が折れるのだが、期待に満ちた顔で手を差し出されるとどうしても応えずにはいられなかった。

なんとかバランスを取りながら後ろ足をロイスリーネの手のひらにタシッと乗せると、彼女は満面の笑みでうさぎ（ジークハルト）を胸に抱きしめて頬ずりをした。

『ああ、うーちゃん。なんて賢いの！　本当に頭が良くて可愛くて世界一のうさぎね。いつまでもいつまでも、ずっと私の傍にいてね、うーちゃん』

『キュ』

ロイスリーネが笑顔でいてくれるのならお手の一つや二つは安いものだ。

ジークハルトは、ロイスリーネに抱きしめられた時の温かさと柔らかさを噛みしめながらそう思うのだった。

「毎回お手をさせて喜んでいるんだが、それにどういう意味があるのか……カーティス？ エイベル？ 妙な顔をして、どうした？」

なぜかカーティスもエイベルも笑いを必死にこらえるような表情をしている。

「い、いいえ。陛下がお手をしている光景が、微笑ましいと思いまして」

「そうそう、うん、芸ね。いいんじゃない。王妃様が喜んでいるなら。あ、僕、この書類、財務府に届けてくるよ」

エイベルは書類を持つと、ジークハルトの返事を待たずにそそくさと執務室を出ていった。部屋を出たエイベルが少し離れた場所で腹を抱えて大爆笑していることを、ジークハルトは知る由もない。

「どうしたんだ、あいつ？」

「さぁ」

カーティスは笑いをこらえながらとぼける。

実はリグイラから連絡をもらい、カーティスもエイベルもロイスリーネがうさぎの正体に気づいてしまったことを知っている。けれど二人はそれをジークハルトに告げることはなかった。

以前はロイスリーネ一人がうさぎの正体を知らされなかったわけだが、今度は逆にジークハルト一人が事実を知らされていない状況だ。

「……これも意趣返しでしょうかね。まぁ、自業自得ですけど」

声に出さずに口の中で呟くと、カーティスは真面目な顔を作り、わざとらしくジークハルトに言うのだった。

「王妃様がうさぎの芸で喜ぶんだったら、それでいいのではないでしょうか。さ、この書類も確認お願いしますね、陛下」

昼の営業が終わるギリギリの時間になって入ってきた客を見て、ロイスリーネは笑顔になった。

「いらっしゃいませ！　あ、カインさん！　と、そして……カーティス？」

『緑葉亭』の扉を開けて入ってきたのは、軍服を着た黒髪の青年将校カインと、フードを深くかぶった背の高い男性だった。その男性の背格好に見覚えのあったロイスリーネは目を丸くする。

「はい。今日は私も参加させてもらいます。二人席の用意をお願いしていいですか？」

フードから現われたのはカーティスの麗(うるわ)しい姿だ。

「は、はい。こちらへどうぞ」

二人を席に案内しながらロイスリーネはほんの少し困惑(こんわく)していた。

――今日、これから『影』たちの報告会があるというのは聞いていたから、カインさんが来るのは分かっていたけれど……まさかカーティスまで来るなんて。

『緑葉亭』にカーティスが来る時は重要な用件がある時だ。それが分かっているので、つい身構えてしまう。

「カイン坊(ぼう)やに、おっと宰相様だ」

「珍(めずら)しいな」

「うーん、宰相様か。これはやっかいごとが起こる予感がする」

「同感だ」

「おれ、今日王都に戻ってきたばかりなのにっ」

すでに店に残っているのは『影』の常連客だけだったため、彼らの口調は遠慮(えんりょ)がなかった。

「今日はすでに魔法使い先生もいるのになぁ」

「……というかあの人、ずっと魔道具いじってんなぁ」

その言葉にロイスリーネは店の片隅の席で、ひたすら何かをピンセットでいじっている瓶底眼鏡をかけた男性にちらりと視線を向けた。

それは若くして王宮付き魔法使いのトップに君臨するライナスだ。それなりに整った顔だちをしているのだが、今は瓶底眼鏡（実はこれも魔道具）のせいで台無しである。

ロイスリーネの視線の先をたどったカインはライナスに声をかけた。

「ライナス、お前も来ていたのか」

「……その声は、陛下ですか」

たっぷり十秒ほど経ってから顔を上げたライナスは、眼鏡を取るとこちらを振り向いて言った。

「宰相様までいらしていたのですね。私は女将から『魔法使いの意見が聞きたいから来てほしい』と誘われました」

「そうだったのですね。私も報告することがあって、急きょ参加することになったのです。『影』たちの言う通り、あまりいい話ではないことは先にお伝えしておきます」

カーティスのその言葉に、常連客は「やっぱり」「だと思ったよ」と顔をしかめていた。

そんな彼らをよそにカインは壁に貼られたメニュー表を見てロイスリーネに注文する。

「リーネ。日替わり定食を二つ頼む。カーティスもそれでいいか？」

「はい。もちろんです」

「日替わり定食二つですね。少しお待ちください」

ロイスリーネは厨房に行くと、リグイラとキーツに告げた。

「キーツさん、日替わり定食二つお願いします。それとカインさんとカーティスが到着しましたよ」

「みたいだね。ジョセフ神殿長からも連絡があったようだから、宰相殿が来たのはきっとそのことだろうさ。リーネ、休憩中の看板を出しておくれ。もうこの時間にやってくる客もほとんどいないだろう」

「はい。では行ってきますね」

店の外に出て「休憩中」の看板を出すと、ちょうどカインたちの定食とロイスリーネのまかないができあがっていた。


食べ終わると、報告会が始まった。

部隊長であるリグイラが口火を切る。

「まず最初に、しばらく前から調べていたクロイツ派についてだ。敵対してからそれなりに経つが、改めて違う視点で調べると、以前には意味不明だったことがなんとなく見えてきたよ」

　リグイラの手元には『影』たちがまとめ上げた報告書が握られていた。

「クロイツ派が誕生したのは、およそ五百年前だ。当時はまだ『女神の愛し子』が発端となった大戦の残した傷跡が色濃く残っていた時代だった。大戦は魔法使いが前線に投入された最初の戦争だったから、被害も尋常ではなくて、人々の記憶には魔法に対する恐怖が焼きついていた。だからだろう、『奇跡や魔法は神のもの。人間が行使すべきではない』という考えを持つ者が現われると、一部の人々はその思想に共鳴し、瞬く間に大きな集団となった。それがクロイツ派の始まりだ」

　最初はただの思想だった。けれど、祝福持ちや魔法使いを糾弾する声はだんだんと殺意へと変わり、クロイツ派の人々は魔法使いや「聖女」、それに「魔女」を見つけては殺害するという危険な集団へと変わっていった。

　それを危険視した各国の首脳陣、それに新しい神々を祀る神殿はクロイツ派の思想を禁止し、弾圧するようになった。指導者や幹部たちは捕えられ、次第にクロイツ派は消えた、と思われていた。けれど、彼らの思想は一部の強固な信者によって細々と語り継がれ、完全に消滅することはなかったようだ。

「クロイツ派が再び世の中に現われるようになったのは、約五十年前のことだ。残党の動きが活発になり、都市や町で暮らしていた魔法使いや魔女たち、それに教会に所属する聖女たちを攫って、殺害するという事件が大陸のあちこちで相次いで起きた。このルベイラでも同じような事件が起きている。先代の『影』たちが当時の国王陛下の命で調査して、例の夜の神の神殿跡を根城にしていたクロイツ派を捕まえたという話を耳にした者もいるだろう。捕まえたクロイツ派の末端連中の口から『教祖』と呼ばれる存在がいることが判明したのもこの時だ」

ところが教祖の実物像ははっきりしていなかった。ある時は小柄な年老いた男性だったり、ある時は青年だったりと証言が一定していなかったのだ。

そこで先代の『影』の総領と当時の国王（ジークハルトの曽祖父）は、クロイツ派の内部で権力闘争があり、教祖はその時の組織内の力関係により交代していると考えたのだ。

「だけどね、クロイツ派の幹部が夜の神の眷属だとすれば、そのトップにいる教祖も眷属であることは想像に難くない。……つまり、別人だと思われていた教祖は実はずっと同じ人物だったかもしれないってことさ」

『女神の御使い』によれば、眷属たちの本体は未だに封印されており、儀式によって魂だけが生きた人間の肉体に移され、乗っ取ることでこの世界に留まっていられる状態らしい。

だが乗っ取られた肉体は寿命が極端に短くなるため、その都度彼らは身体を乗り替えるしかなかったのだ。

つまり、教祖もそうやって身体を乗り替えている可能性が高い。そして先ごろイプシロンが口走った言葉により、クロイツ派の教祖の名はプサイといい、夜の神の眷属であることがほぼ確定している。

「教祖がころころ変わっていたのは最初の十年くらいで、ここ数十年は黒髪の女性という人物像で一致している。似たような人間の器を用意しているだけかもしれないがね」

「ということは、その黒髪の女性がプサイ……教祖ということですよね」

ロイスリーネが尋ねると、リグイラは頷いた。

「おそらくはそうだろうね。プサイは夜の神の眷属の一人で、女神ファミリアたちによって封印されたとある。封印された場所は――」

「あ、眷属たちの封印場所についての報告は俺らから」

手を上げたのはマイクだ。『女神の御使い』によってイプシロンが封印された遺跡に飛ばされたマイクとゲールは、ディーザと協力して儀式を始めようとしていたクロイツ派を阻止したことから、遺跡調査の取りまとめ役のようなことをやっていたらしい。

マイクが椅子から立ち上がる。

「イプシロンの封印された場所というのは、人目につかないところにある遺跡だった。だとしたら他の幹部の遺跡も同じように隠された場所にあるんじゃないかと考え、過去の文献やら言い伝えを頼りに探してもらったんだ。で、いくつか候補を見つけた。足掛かりになったのはクロイツ派だ。あいつらは儀式をやるために頻繁に遺跡に出入りしていたはず。そこで前に捕まえた先鋭部隊の連中の証言や、目撃情報などから、これじゃないかと思われる遺跡を一つ一つ足で確認していったんだ」

候補に挙げた遺跡のほとんどが、クロイツ派がかつて捕まえた魔女や魔法使いたちを殺していた場所らしく、中には生々しい殺害の跡が未だに残るところもあったという。

あまり詳しくは語らなかったマイクだが、ロイスリーネはそれを聞いて、食べたばかりのまかないが胃の中でぐるぐると暴れそうになり、慌てて水を飲みほすはめになった。

「大丈夫か、リーネ」

カインがロイスリーネの背中を優しく撫でる。

「はい。カインさん、大丈夫です。マイクさん、話を進めてください」

話を中断してロイスリーネの方を心配そうに見ていたマイクは、困ったように笑いながら頷いた。

「ごめんな、リーネちゃん。ええと、とにかくその手の場所が眷属たちの封印場所になっている可能性が高いんだ」

マイクの横でゲールも頷いた。

「そうそう、ジェシーちゃん……じゃなかった。『女神の御使い』も、封印を緩めるためにギフト持ちを攫って殺していたんじゃないかって言っていたもんな」

「なるほど、夜の神の眷属たちはファミリア神によって選ばれた者たちが討伐した、あるいは封印したとされています。つまり、ファミリア神のお力を借りて封印したということだから、神の権能の欠片を持つ聖女たちの命を生贄として捧げることで、力を反転させて封印を弱めたのでしょう」

いきなり口を挟んだのはライナスだった。なぜか一人で納得している。

「それと同じことがルベイラの王都でも起こったのでしょう。夜の神の呪いが活発化したのは、そういうことだったのですね」

「……マイク。ライナスのことは気にせず先を進めてくれ」

カインの言葉にマイクは慌てて口を開いた。

「ええっと、それで伝承を頼りに一応、プサイ、シグマ、デルタ、ラムダと思しき眷属の封印場所を特定できたのですが……一つ気になることが」

「気になること？　それは何だ？」

「北の国セレロンの山岳地帯に隠されていた洞窟遺跡。さっきリーネちゃんの気分を悪くさせた生々しい跡が残っていた場所、これが、夜の神の眷属プサイが封印されていると思われる遺跡なんだわ。そして、ごく最近ここで儀式……つまり、生贄を捧げたらしき痕が残っていたんだよ。犠牲者は神官っぽかったんで、内部監査室の連中に引き渡したんだけど」

ロイスリーネは息を呑んだ。

──それって、ごく最近プサイの入っている器が切り替わったということじゃない!?

同じことを考えたのか、カインの表情が曇る。

「まずいな。どこの誰にプサイが入っているのか、最初から探らないといけなくなる」

だがここで突然カーティスが、静かな、それでいて確信のこもった口調で告げた。

「──偽聖女イレーナ。おそらくプサイは今、あの偽聖女の器をまとっていると思われます」

「え?」

びっくりしてカーティスを見つめると、彼はジークハルト、そしてロイスリーネに向けて微苦笑を浮かべた。

「ジョセフ神殿長からの報告を鑑みるに、そうとしか思えないんです。今のマイクの報告で確信しました」

「そうだね、あたしらのところにもついさっき大神殿の『影』から報告があった。教皇の傍に侍っていたという偽聖女によく似た女性神官。だが本物の女性神官は、大神殿に赴任してくる途中でとっくに殺されていたことが判明したんだよ。そうでしょう、宰相様?」

リグイラが視線を向けると、カーティスは頷きながら立ち上がった。

「そうです、女将。ディーザ審問官が例の女性神官を洗い出しているうちに判明しました。

その女性は、二ヶ月前大神殿に向けて出立しました。ところが道中、突然姿を消して消息不明になっていたんです。なのにその人物になりすまして堂々と大神殿と王宮に現われた者がいます。それが、偽聖女イレーナ似の例の女性ですよ。そしてマイクの言う例の遺跡で発見された女性の遺体がその女性神官だと、つい先日内部監査室の調査で判明しました。成りすますついでに儀式の生け贄に利用したのでしょう。本物の女性神官がいなくなったのも、偽聖女イレーナが行方不明になったのも、イレーナ似の女性神官が大神殿に赴任してきたのもほぼ同時期です。このことから見て、大神殿に現われた女はイレーナの身体を乗っ取ったプサイである可能性が非常に高い」

カーティスはそこまで言って、急にため息をついた。

「ですが、つい先ほど報告があり……内部監査室がその女性神官を捕獲しようと動き出した時には、残念なことにすでに姿を消していたそうです。教皇猊下はご無事でしたが、調べたところほんの少しだけ魅了術の形跡があったようで」

「大問題じゃないか。……いや、ちょっと待て、カーティス。プサイと思われる女性神官と接したのは教皇だけじゃないぞ。ルクリエース王太子はどうなんだ？」

ルクリエースは間もなくルベイラを訪れる予定になっているだけに、カインの懸念はもっともなことだった。

その問いに答えたのはリグイラだ。

「『影』からの連絡だと、王太子に魅了術が使われた形跡はなかったそうだよ。だが、調べられたのはそこまで。王太子はルベイラに出発してしまい、洗脳があったかどうかまでは調べられなかった。トカラの実による洗脳は魔法ではないから、身体の一部を採取して成分を調べるしかないんだが……。出立のため忙(いそが)しいという理由で何の手も打てないまま行かれてしまったらしい。暗殺未遂(みすい)事件以来、大神殿はあの王子に遠慮して、強く出られなかったのも悪手だった」

カインは唇(くちびる)を噛(か)む。

「……ルクリエース王太子はクロだと思って接した方がいいな。ルベイラに入り次第、『影』をつけて監視(かんし)させよう。それで、リグイラ。教皇の方はどうなんだ？　プサイは何が目的で教皇に近づいたか分かったのか？」

「そこまではまだ分かっていないそうだよ。大神殿をいいように操(あやつ)りたかったのか。それとも何か別に目的があったのか。いずれにしろ、近づき方がお粗末(そまつ)だ。あれじゃ教皇に異変が起こったらすぐにあの女性神官が怪しいと周囲に分かるだろうに」

だが、ここでまたもやカーティスが口を挟んだ。

「ジョセフ神殿長が言うには、プサイの目的は大神殿の宝物にあるのではないかということです」

「宝物？　クロイツ派の目的が宝物？　どういうことだ、カーティス？」

「ジョセフ神殿長はクロイツ派が古い文献を集めていたことに注目して、自分でも同じように調べてみたんだそうです。と言っても、大部分はクロイツ派によって紛失(ふんしつ)していますが。けれど、すべてが失われたわけではない。そうです、我がルベイラの書物庫からは閲覧(えつらん)はされても盗(ぬす)まれることはなかった。だから叔父上(おじうえ)は書庫でデルタとラムダが見たと思しき書物について調べてくださっていたんです」

もともとジョセフ神殿長は王族の血を引いたアルローネ家の出身で、幼い頃(ころ)からルベイラの歴史と神との関わりに興味を持ち書物庫に入りびたっていた。それが高じて王位継承権(けいしょうけん)も捨てて聖職者を志したのだから、彼にとってはまさに得意分野だろう。

「どうもジョセフ神殿長には心当たりがあったようですよ。ファミリア大神殿のある山はもともと聖地とされている場所でした。だからこそ大神殿がそこに建てられたのです。これは信者でなくとも誰もが知っていることでしょう。ですが、なぜ聖地とされていたかは公(おおやけ)になっていない。どうも大神殿ができる前、まだ小さな神殿だった頃から秘されてきたようで、今でも上級神官にしか伝えられていないそうです。が、ジョセフ神殿長は緊急事態だから構わないだろうと私に教えてくれました」

「え、そんな大事なことを教えてもらって大丈夫なの？」

心配になってロイスリーネが問いかけると、カーティスは微笑んだ。

「バレなければいいのです。だからこそ私が直接伝えるために来ました。ここにいる面々が外で軽々しく漏らすことはないと信じていますよ。ええ、本当に」

「は、はい。絶対に漏らしません！」

笑顔から圧を感じ、ロイスリーネは背筋を伸ばした。

「『影』は口が堅いんだ。間違いなく漏らすことはないと信じてくれて構わないよ、宰相殿」

リグイラが請け合うと、カーティスの微笑から圧が消えた。

「それではジョセフ神殿長が教えてくれたことを伝えましょう。大神殿があった場所にはかつて小さな神殿がありました。そこに神から授かった『世界を守るための神器』が収められていたそうです。なんでも悪しき者たちから守るために密かにその神殿に移されたものだったとか。大神殿は、その小さな神殿に収められていた神器を隠して守るために建てられたものだったようですね。その神器の形などは伝えられていません。どこに隠されているのかも、枢機卿のジョセフ神殿長すら知らないそうです。ですが、唯一その神器の隠し場所を知っている人間がいます。それが――」

「教皇というわけだな」

「はい、陛下。その通りです。プサイはこの神器を狙い、隠し場所を聞き出すために教皇に近づいたのではないかとジョセフ神殿長は考えています」

ロイスリーネは声を上げた。

「あっ、もしかして、それでイレーナの身体を乗っ取ったのかしら？　彼女は魅了術を使えるでしょう？　教皇に近づいて不信感を持たれることなく隠し場所を聞き出すにはもってこいの能力だわ」

「はい。それでしたら、偽聖女イレーナをクロイツ派が狙ったことにも説明がつくかと」

「その神器は一体なんだったんだろうか。なぜプサイはその神器を狙ったのだろうか」

カインがそう呟いた時だった。

「それはね、入り口を開く鍵だからよ」

不意に頭上から声が降りてきた。

「正確に言うなら、夜の神が封印されている地下空間へと通じている入り口の鍵ね」

全員がギョッとして見上げると、ロイスリーネのほぼ真上にぷかぷかと浮いている人形の姿があった。

黒髪に緑色の目。青いドレスを着たその人形のことは、この場にいる全員がよく知っている。

「ジェシー？」

そう。本来ロイスリーネの自室で彼女の代役を務めているはずのジェシー人形である。

だが、もちろん、ジェシー人形は空を飛んだり声を発したりしない。そうしているのは人形の中に入ったとある存在だ。

「『女神の御使い』様ですか？」

いち早く我に返ったカーティスが尋ねると、人形はこくんと頷いてロイスリーネの目の前にふわりと着地した。

「おっとジェシーちゃんじゃないか」

「人使いの荒(あら)いジェシーちゃんだ。ついこの間ぶりじゃないか」

気安く声をかけるのはマイクとゲールだ。彼らはこの人形としばらくの間行動を共にしていたことがあるのだ。……いや、人形の言う通りに動かされてこき使われたというべきだろう。

「こんにちは、あなたたち。元気そうで何よりだわ」

人形はマイクたちに手を振った。『女神の御使い』は文字通り女神ファミリアの使いなのだが、意外に気さくらしい。

あんぐりと口を開けていたロイスリーネはようやく正気に返って尋ねた。

「ジェシー、あなた、私の部屋で身代わりをしていたはずよね？」

「ちゃんと『それほど遅(おそ)くならないうちに戻ってきます』って断って出てきましたよ」

「そ、それは……」

今頃ロイスリーネの部屋ではエマたちがパニックになっていることだろう。

カインは慎重(しんちょう)な口調でジェシー……いや、『女神の御使い』に話しかけた。

「『女神の御使い』。なぜ突然現われた……のかは後で尋ねるとして、その鍵のことをもっと詳しく教えてもらえないだろうか」

「ええ。あなたたちも行ったことのあるルベイラ王の廟（びょう）。あそこはもともと夜の神を封（ふう）じた場所なのよ。廟はその入り口を隠すために建てられた。地下にあった神殿を見たでしょう？　あそこが入り口よ。でも鍵がない以上はただの空間に過ぎない。だからこそ眷属たちは、何十年にもわたって鍵を探し求めていたのよ。分割（ぶんかつ）されて、各地に隠されていた鍵を」

　鍵が分割されたのは初代ルベイラ王の時代だという。ルベイラ王は生き残った眷属たちの手に鍵が渡らないように割り、それぞれ別の場所に隠すよう指示したらしい。

「分割された鍵は新しい神々を祀る神殿に各々（おのおの）預けられたの。クロイツ派は、気が遠くなるほど時間をかけて古文書から隠し場所を割り出して一つ一つ手に入れていき、最後に残ったのがファミリア大神殿にある欠片だったのね。それもどうやら奪われたみたいだけど」

　さらりと重要な発言をした『女神の御使い』に、ロイスリーネたちは目を剝（む）いた。

　——ということは、もう全部クロイツ派の手に鍵が渡っているってこと!?

「ちょっと、ジェシーちゃん、さらっと言うことじゃないでしょ！」

「前回の時に教えてくれれば、阻止できたのに！」

マイクとゲールが喚き、ロイスリーネとカイン、それにカーティスは頭を抱えていた。

——何それ、何それ。知らない間にチェックメイトになっていたの？

「心配はいらないわ。鍵を見つけて入り口を開いたとしても、夜の神の封印はそう簡単には解けない。たとえロイスリーネ、あなたを殺して夜の神に捧げたとしても、決して封印が解けることはないの」

「どういうことでしょうか？『女神の御使い』様。あなたは封印が解かれることを危惧して我々の前に現われたのではないということでしょうか？」

カーティスが確認するように尋ねる。尋ねながらもあらゆる可能性を頭の中に思い描いているのだろう。

そんな彼に『女神の御使い』は告げた。

「もちろん、封印が解かれるのは困るわ。今古い神々が目覚めたら、世界の天秤は確実に滅びへと傾いてしまうもの。でも、いくら眷属たちが封印を解こうとしても、夜の神が目覚めることはないでしょう。彼らは自らの恨みにとらわれすぎて、気づいていない。二千年も経っているのにまだ彼（彼女）の本当の望みを知ることができないのだもの。表に現われていることだけで判断している。……アベルたちはすぐに気づいたのにね」

やれやれという口調だった。けれどそこには夜の神の眷属に対する悪感情は見られない。切迫した様子もなかった。

　――どうも真意が見えないというか……。前の時はイプシロンの復活を阻止してくれて、ニコラウス審問官の蘇生(そせい)にも協力してくれたけど。

　ロイスリーネはマイクたちほど長く『女神の御使い』と接していたわけではないので、彼女の目的がいまいち理解できなかった。

　――果たして彼女は本当に味方なのかしら？

　敵ではないのだろう。眷属たちと敵対しているふうでもあった。けれど、もしかしたら全面的に人間(ロイスリーネたち)の味方というわけではないのかもしれない。

「そのアベルというのは？　イプシロンもその名を口にしていたが……」

「アベルは最初の夜の神の眷属であるアルファのもう一つの名前よ。……ふふ、ロイスリーネ。心配しないで。私はあなた方の味方よ。女神ファミリアをはじめ、新しい神々は世界を正常に戻すために動いているの。それはあなた方人間にとっても悪いことではないわ」

「は、はい」

　ロイスリーネは首を縮めた。どうやら『女神の御使い』はロイスリーネの考えが読めるようだ。

「安心して。あなたの『神々の愛し子』のギフトの影響で、不安とか懸念とかがファミリアの眷族神である私に伝わってきてしまうだけ。よほど強く思わないかぎり、筒抜(つつぬ)けにはならないわ」

「そ、そうですか」

まったく安心できないことを『女神の御使い』は言っているのだが、ロイスリーネはそれに抗議するのを諦めた。

──ギフトがらみじゃ、どうせ私に制御することはできないし……。

「そんで、ジェシーちゃん。今日は俺らに何をさせるためにここに来たのかな？　祝賀パーティーも近いから、あまり遠くに飛ばしてもらっては困るんだけど？」

マイクが恐る恐る尋ねる。彼は問答無用でエイハザールの荒野からイプシロンの封印場所近くの洞窟まで運ばれたことがあり、再び同じ目に遭うのを心配しているようだった。

「あら、安心して？　今日、私は昔話をするためにやってきたのよ。それをロイスリーネ、ジークハルト王、あなた方が知ることがとても重要なの」

「昔話？」

怪訝そうにカインが尋ねると、『女神の御使い』は可愛らしい仕草で両手を頬に当てて言った。

「そう、今はもう誰も知らない物語を」

「世界を創造した古い神々は竜なの」

『女神の御使い』は言う。

「五体の竜が、世界を創ったのよ。あなた方に伝わる神話では、古い神々は擬人化されて人型のようだけど、本当は竜体なの」

「竜、ですか？　おとぎ話に出てくる、あの竜？」

戸惑うように言ったのはライナスだった。魔法使いとして不思議な力をふるう彼でも、竜が存在する話は聞いたことがなかったようだ。竜はおとぎ話や小説の世界にしか出てこない架空の生き物とされている。

「そうよ。竜はこの世のすべての法則であり、理そのもの。黄金に輝く日の竜、闇夜にたたずむ夜の竜、炎のごとく燃え盛る火の竜、清廉な穢れなき水の竜、大地を司る土の竜。この五体によって前の世界は破壊され、そこに新しい世界が創られるの。彼らの力の本質は破壊と創造と言ってもいいわ」

「破壊と、創造」

なぜかロイスリーネはその言葉に奇妙な震えを覚えた。

「破壊なくして創造はありえない。生き物が死に絶え、世界が寿命を迎えたら、彼らは目覚めてまずは世界を破壊する。そこから新しい世界を創造していくのよ。火を創り、大地を創り、水を創り、木々を生やし、そして彼らは世界を育む生命体を生み出していった。

動物や、鳥や、昆虫や、微生物などさまざまなものよ。それは世界にとって必要なものだった。そして世界を創り上げた彼らは、最後に、思考する種族を創った。それが人間」

人間は日の神が土くれから肉体を創り、そこに夜の神が魂を吹き込んだものだという。

「そういった意味で日の神と夜の神の二柱は、あなた方の父であり母とも呼べるでしょうね。古い神々に性別はなく、女でも男でもなかったけれど」

次第に増えて群れを成して国家を形成していく彼らを、夜の神は興味深そうに眺めていたそうだ。でも思考する生命体である人間は、日光で恵みをもたらしてくれる日の神は祀っても、夜の神のことは恐れて敬うことはなかった。

「それが悲劇の始まりだったのでしょうね。夜の神は人間が大好きだったから、恐れられることを嘆いていたわ。反対に日の神は、人間のことなんて何も気にしていなかったのに。いつも人間を気にかけていたのは、夜の神の方だったのに。日の神を称える神殿は人間の手によって多く作られたけど、夜の神を祀る神殿が建てられることはなかったそうよ。嘆く夜の神の前に、ある日一匹の白いうさぎが現われた」

――うさぎ？

そう思った瞬間、ロイスリーネの目の前に別の光景が広がった。

高く高くそびえる山。そこに夜の神……いや、黒い竜は住んでいた。その山の上から人間の世界を眺めては、彼らに恐れられていることを嘆いていた。

けれど一方では仕方がないことだとも分かっていた。人間は夜を恐れ、死を恐れる。だから人間が自分を恐れるのも無理はない、と。

そんなある日、小さな白いうさぎが彼（彼女）の元へとたどり着いた。うさぎの隣には心配そうにうさぎを見守っている、六、七歳の男の子がいた。ただ、彼はもう亡くなっており、その魂だけがうさぎに寄り添っていた。

『悲しまないでください、夜の神。あなたを慕う者はたくさんおります。私もそうです。そして、私のかつての主人もそうでした』

うさぎの名前はアベル。小さな飼い主の男の子がつけた名前だという。

その男の子は身体が弱く、外に遊びにも行けなかった。友だちもおらず、孤独な少年は、小さなうさぎを飼い、とても大事にしていた。孤独を埋めるように。

『ご主人様から、あなたのお話を聞いたのです。ご主人様は言っていました。自分は夜が好きだと。そして、日の神より夜の安らぎと安寧をもたらしてくれる神様が大好きだと』

身体の弱い子どもにとって、太陽の日差しは毒にも等しかった。反対に夜がもたらすひんやりとした空気は子どもにとって、とても心地いいものだった。

『ご主人様はいつか夜の神様に感謝の言葉を言いたい。大好きだと伝えたいと言っておりました。けれど、ご主人様はもう……』

身体の弱い子どもは数年前に亡くなってしまったのだ。うさぎを残して。子どもの家族に処分されそうになったうさぎは、亡き主人の想いを伝えたくて、夜の神に会うために長い距離を移動してきた。人間に捕まりそうになったり、猛獣に襲われそうになったり、川に流され溺れそうになりながらも、決して歩みを止めなかった。

『会えてよかった。ご主人様の言葉を伝えられてよかった。これで安心して逝けます』

長い長い旅をしてきたうさぎはもうボロボロだった。今にも死にそうだった。

——だめ、死んではだめ！

ロイスリーネはうさぎを助けたいと思った。失いたくないと考えた。

だがうさぎの命はここで尽きる。もう寿命なのだ。死を司るロイスリーネには分かる。

死んだ者は蘇らない。生き返らない。それは古い神々が最初に決めた不文律の掟。それを違えることはできないのだ。

——どうしよう、どうすればいいの？

力尽きたうさぎが倒れ込む。その隣には心配そうな男の子の姿があった。

——ああ、ならば。新しく創ろう。命を。種族を。いつまでもうさぎとあの優しい人間の男の子が私の傍にいられるように。

それができる力がロイスリーネにはあった。なぜならロイスリーネは破壊と創造をもたらす夜の神だから。

——うさぎの身体と男の子の魂を融合させて、新しい種族の身体を創るのよ。私の眷属、

私のアルファを。これでもう寂しくなんてない。

ロイスリーネは手を伸ばして、創造の力を振るった。

『ありがとうございます、我が君』

うさぎがいた場所に立ち、ロイスリーネを見上げていたのは、銀髪に赤い目の美しい青年だった。あの優しい少年が夭折しないで生きて成長していたらこうなっていたであろうと思われる姿で立っていたのだ。

外見は完全に人間だ。けれどロイスリーネの目には青年の後ろに小さな白いうさぎの姿が見えていた。それはもう一つの青年の姿だ。

動物と人間の融合体、亜人。ロイスリーネだけの種族。ロイスリーネの我が子だ。

――アベル。あなたはアベルよ。眷属名はアルファだけど、アベルであったことを忘れないで。そしてずっとこの先も私の傍にいて。

『はい。決して離れません。我が君』

青年が微笑む。それは誰かの顔にそっくりで、ロイスリーネの胸が温かくなった。

――もう、ひとりじゃないの。

「ロイスリーネ！」

突然の声に、アベルの姿が粉々に割れて崩れ落ちていった。アベルだけではない。懐かしい山の頂上の風景もすべて消え失せ、『緑葉亭』の店の光景が戻ってきていた。

「……あれ？」

我に返ったロイスリーネは何度も目を瞬かせる。少し焦った表情のカインが見えた。そこに先ほど見たアベルの面影が重なる。

「私、今……」

――何を見ていたの？

「ロイスリーネ、どうしたんだ？　目を見開いたまま動かなくなっていたぞ」

「何か、幻覚みたいなものが……」

――そういえば、アベルってこの間の髪が長くなって目が赤かった陛下にそっくりじゃない？

「幻覚？」

頷きながら机の上にちょこんと座っているジェシー人形、もとい『女神の御使い』を見下ろす。人形の表情は変わらなかったけれど、ロイスリーネの身に起きたことを彼女も知っているのだということはなんとなく感じ取れた。

「私に何かしたんですか？　今見えたのは……」

「過去の幻影ね。たぶん、それはあなたに流れる血の中に埋もれていた記憶でしょう。後で説明するけれど、あなたとジークハルト王は、アルファであるアベルと、夜の神が生み出した最後の眷属であるリリスの血を引いているの」

「リリス……それもイプシロンが挙げた名前だったな」

カインが眉を顰める。

「ええ、そうよ。話を進めるわね。こうして最初の眷属であるアルファを作った夜の神は、次々と眷属を作り上げ、彼らをもとに亜人を地上に増やしていった。でもね、その頃には古い神々は世界の創世を終えて眠りにつかなければならなかったのよ。ちょうどプサイが誕生したあたりの頃ね」

なぜ古い神々は眠りにつかなければならなかったのか。それは彼らが持つ「破壊と創造」の特性のためだった。

「世界を創り上げてしまえば、彼らの持つ力は今度は破壊へと傾いてしまうの。そうなったら創ったばかりの世界はあっという間に滅亡してしまう。だから彼らは眠りについてその破壊の力が世界に及ばないようにする必要があったの。古い神々はそれぞれ眷族神を作り、『破壊と創造』以外の権能を彼らに委ねると、眠りについたわ」

「ちょっと待った。眷属と眷族神というのは違うのかい?」

そう尋ねたのはリグイラだ。眷属と眷族神。言葉も意味も似ているが違いはあるのだろうか。

「眷属というのは、いわゆる部下のような存在ね。神に付き従う存在として生み出されたもの。一方、眷族神は権能を分け与えた神の分霊のような存在のことよ。たとえば女神ファミリアは日の神から『破壊と創造』以外のすべての権能を譲渡されているわ。日の神は面倒くさがりで、眷族神を一人しか生み出さなかったのよ。おかげで仕事を全部一人でやらなければいけなくて、大変で……いえ、これはこっちの話ね。日の神とは反対に土の神などは権能ごとに眷族神を生み出しているから大所帯よ。羨ましいったら……。ゴホン、いえ、これもこちらの話ね。とにかく、あなた方人間の言う新しい神々の正体は古い神々の眷族神で、この世界を見守る役割が与えられた分霊神であると認識してもらえばいいわ。こうして眷族神も続々誕生し、古い神々も次々と眠りに入っていった。夜の神以外はね」

　ここからはほぼ神話として伝えられる通りだ。

　亜人たちを心配した夜の神だけは眠りにつかず地上に残った。けれど亜人たちはどんどん数を減らし、人間によって次々と滅ぼされてしまう。

「夜の神は怒り悲しみ、荒ぶる神の側面が強く出てしまったの。疫病を振り撒いては人間を苦しめるようになった。でも、どういうわけか、最後の眷属がその荒ぶる夜の神から誕生したのよ。……本来なら眷属名でいうオメガが生み出されるところなんだけど、夜の神が生み出したのは、人間の女性だったわ」

「人間!?」

ロイスリーネたちの驚いたような声が重なった。

「人間を生み出したのか？　夜の神が？　眷属として？」

『女神の御使い』はコクン、と頷いた。

「そうよ、黒髪に黒目の、まさしく夜の神を人間にしたような姿ね。この女性にリリスと名付けたのは、アベル……いえ、アルファだったわ」

リリスが誕生し、それが人間だったことで眷属の意見が真っ二つに割れた。

「アルファたちのように最初に誕生した眷属たちは『夜の神は今は我を忘れているが、本心では人間を傷つけたくないと思っている』という意見だったわ。それに反して、のちに誕生したものたち、とくにプサイはリリスを眷属とは認めずに、要らないものだと主張した。次に生まれてくるはずの『アルファオメガ』から人間の部分を除くために排出しただけの存在だと」

「アルファオメガ？」

初めて聞く単語に首を傾げると、『女神の御使い』は意味ありげにロイスリーネを見上げた。

「ふふ、『アルファオメガ』は最初にして最後の者という意味なのよ。要するに夜の神の権能を受け継ぐ眷族神のことね。その者が本当は最後にオメガとして誕生するはずだったの。でもリリスが生まれてしまったから、眷族神はいないまま。リリスは眷属だけど人間で、神ではないから眷族神にはなれないの」

　眷属たちの意見は割れたままだった。プサイやイプシロンなど後誕のメンバーたちは夜の神の憎しみに呼応するように各地で暴れ回り、人間を殺していった。

　アルファたちは夜の神の元へ留まり、怒りを鎮めようと努めた。

「そんな中、リリスとアベルは恋に落ちて、子どもが生まれたわ。それがルベイラとローレライの双子の兄妹よ」

「双子？　ルベイラ王は双子だったのか？」

　カインは驚いてカーティスと顔を見合わせた。そういう話はまったく伝わっていなかったからだ。

「そうよ。でも双子がまだ十歳にも満たない時に悲劇が起こった。アルファ……アベルが人間を庇って死んでしまったの。夜の神の手によって」

　憎悪を抱いた悪しき神――夜の神を討伐しようとやってきた人間たち。夜の神が彼らを殺そうと振り上げた鋭い爪は、人間を庇おうとしたアルファを貫いた。

「アベルが人間を庇ったのは、憎悪と怒りに満ちた人間を直接殺したら、夜の神がますます穢れを受けて正気を失ってしまうからよ。アベルは夜の神を元の状態に戻したかったの。我が子と呼んでいた人間たちからこれ以上憎しみを受けないようにしたかったのよ。でも……」

最愛の獣を目の前で失った夜の神は暴走し、その場にいた人間を殺してしまったことで、完全に我を失くしてしまった。

「なんてこと……」

ロイスリーネは悲劇の連鎖に思わず手で顔を覆った。

アルファが誕生した時の嬉しそうな夜の神の気持ちを思い出すと、やり切れなくなる。

「正気づかせることが不可能となったら、もう封印するしかなかった。成長したルベイラとローレライ、それに女神ファミリアから遣わされた私と、他の眷族神たちは、協力して夜の神を封じることになったわ。でも創世神の一柱である夜の神の力は強大で、抑え込むのがやっとでね。最終的にかの神を眠らせて封じたのは、リリスだったわ」

「え？　でもリリスはただの人間という話じゃなかったでしたっけ？」

「リリスは確かにただの人間よ。でも、彼女は他に誰も持ちえない権能を持っていたの。その力を使って、夜の神と眷属たちを眠らせて封印したのよ」

淡々とした『女神の御使い』の言葉で何かに気づいたかのようにカインが目を見開く。

「まさか、リリスが持っていた権能とは………」

「ええ、そうよ。『破壊と創造』の権能。つまり、ロイスリーネと同じ『還元』のギフトを持っていたのよ。彼女は『還元』を使い、夜の神を封じ込め、そしてその巨大な権能を使う代償として死んでしまった」

誰かが息を呑んだ音がした。けれど、それはロイスリーネ自身が発した音だったのかもしれない。

「リリスの死後、ルベイラは夜の神の封印を守るためにその地に国を作り、王となった。妹のローレライは分割された鍵を各神殿に届けた後、私と他の眷族神たちと一緒(いっしょ)に地上に残っていた夜の神の眷属たちを封じて回った。そしてそれが終わった後は恋をして子どもを産み、育てたわ。次代にアベルとリリスの血を引き継がせるために。そのローレライの子孫こそがロイスリーネの一族よ」

『女神の御使い』はジークハルトを見、次にロイスリーネを見て言った。

「ジークハルト、ロイスリーネ。ルベイラとローレライの子孫たちよ。どうか夜の神を憎しみから解放し、悪い夢を終わらせて正気に戻してください。それこそがアベルとリリスの真の望みであり、二人の血を受け継ぐあなた方にしかできないことなのです」

「緊張するわ」

ジークハルトと並んで謁見の間に向かいながらロイスリーネは呟いた。

二人はこれから神聖メイナース王国のルクリエース王太子一行と謁見する予定なのだ。

今朝到着したばかりの王太子一行はすでに控えの間で待機しているらしい。

——胃が痛くなりそう。

他国の王族を迎えたことは何度もある。けれど、今回の相手は普通と違うのだ。これが緊張せずにいられるだろうか。

『女神の御使い』が『緑葉亭』に現われたあの日から今日までの間に、いくつかの事実が判明している。

まず最初にニコラウス審問官だ。どこでトカラの実を摂取したのかさっぱり覚えていないニコラウスだったが「出されたお茶か食べ物を無防備に口に入れる機会があったのはどこか」という問いに、真っ先に挙げたのが「王宮」だった。

もともとニコラウスは神聖メイナース王国の貴族で、王太子とは知己の間柄だったそうだ。その縁はニコラウスが貴族の地位を捨てて神殿に入っても変わることなく、時に王太子に呼ばれて相談を受けることもあったという。

そして二年ほど前から、やたらとルクリエースの住む宮殿に行く機会が増えていた。

――そりゃあ、王太子の宮殿でお茶とか出されたら、疑うことなく口にするわよね。しかも相手が珍しいお茶だと勧めてきたりしようものなら、飲まないわけにはいかないしね！

まだ断定されたわけではないが、おそらくニコラウスは王太子の宮殿に行くたびにトカラの実を摂取させられ、徐々に洗脳されていったのではないだろうか。

――ルクリエース殿下も、そんなことが自分の宮殿で行われていたことに、まったく気づかないことってあるかしら？　いえ、絶対気づくはずよ。

『ルクリエース王太子はクロだと断定して動くぞ』

ジークハルトはそう判断を下した。

証拠があるわけではないが、状況から言ってクロイツ派に取り込まれているか、あるいはニコラウスより先に洗脳されて奴らの言いなりになっているのだろう。

――そういえば、ルクリエース殿下はある日いきなり『政教分離』などと言い出したのよね。それまでは大人しくて、自分の意見を主張するような、ましてや大神殿の意思に逆らうような性格ではなかったという話なのに。

そしてそんな危険人物をロイスリーネたちは受け入れて、しかも何食わぬ顔で謁見しなければならないのだ。

今まではクロイツ派と気づかずに王宮内に入り込まれていたので、初めから疑っている状態で会うのは初めてのことだった。

「平気な顔をしていられるかしら……」

得意の「王妃の微笑」で応じるつもりだが、顔が引きつったりしないだろうか。

「大丈夫だ。俺がついている」

不安に表情を曇らせるロイスリーネにジークハルトが言った。

「カーティスもついているし、念のためライナスをはじめ、魔法使いたちにも謁見の間で待機してもらっている」

「ミルファにもね」

ミルファはファミリア神殿に所属する『解呪』の祝福を持った聖女だ。

偽聖女イレーナとガイウス元神殿長によってファミリア神殿を追放され、ならず者に追われていたところを助けたのが縁で知り合った。今は神殿に戻っているが、時々『緑葉亭』に遊びに来ることもある。

彼女は呪いを紐のようなものとして目視することができる。

　さらに本人の意に反してかけられている魔法を「呪い」と定義することで、呪い以外の術も見ることができるようになっていた。

　その能力はロイスリーネの母親で著名な『解呪の魔女』でもあるローゼリアのお墨付きだ。『解呪』自体の能力も、ローゼリアに指導を受けてからめきめきと上達していると聞いている。

「ルクリエース殿下の一行の中に魅了術にかかっている者がいれば、ミルファが見つけてくれますよね」

「そうだな。ただ問題は、ミルファにもライナスにも身体を乗っ取られているかどうかの判別がつかないことだな。トカラの実による洗脳は、魔法によるものでも、呪いでもないらしいから」

「髪の毛などを採取して薬の成分が検出されることでしか判別できませんものね」

「ああ、マイクとゲールが『女神の御使い』に聞いた話によると、洗脳状態にしなければ本人の意識が邪魔をして身体は乗っ取れないらしい。自ら受け入れさせることによってそれが可能となるんだそうだ。だから、王太子一行の中にもし偽聖女イレーナの身体を乗っ取ったプサイがいるなら、洗脳魔法を使った痕跡で判別できるはずだ」

　だが大神殿で教皇に侍っていたプサイは今現在行方不明だ。

「なんらかの形で必ずプサイはルベイラにやってくるだろう。すべての鍵を手に入れているのだから、世界中からルベイラに人が集まっている今が、絶好の機会になるはずだ。一番可能性が高いのは、姿も名前も変えてルクリエース王太子の一行の中に潜んでいることだな」

「プサイを見つけ出し、なおかつ彼女が持っていると思われる入り口の鍵を、クロイツ派が使う前に奪取しなければならないんですよね。はぁ、なんという無茶振り……」

ロイスリーネの口から大きなため息が漏れる。

「『女神の御使い』にプサイの居場所を聞いておけば良かったですね」

「あの時はそこまで気が回らなかったからな。知らされた事実を受け止めるので精一杯だった」

ジークハルトは遠い目をした。

『夜の神を憎しみから解放し、悪い夢を終わらせて正気に戻してください』

『女神の御使い』にそう言われた時は、無理だと思った。アベルたちが説得しても憎しみを捨てず、二千年にもわたって人間への憎悪を燃やし続けた夜の神を、ただの人間であるロイスリーネたちがどうやったら解放できるというのだろうか。

けれど、『女神の御使い』は言った。

『大丈夫。あなた方の中に流れるアベルとリリスの血がその方法を知っています。あなた方は鍵を使い、封印された夜の神の元へ行けばいいのです。予定より早いですが、ちょうどプサイたちが鍵を手に入れた今、機は熟しています。むしろ、わざわざ集める手間が省けてよかったと思いますよ？』

あっけに取られるロイスリーネたちに『女神の御使い』は「夜の神の封印」の真実を告げると、さっさと帰ってしまったのだ。

『女神の御使い』が抜けてただの人形に戻ったジェシーを抱えて、ロイスリーネは途方に暮れるしかなかった。

「俺たちにできることをやるしかないだろう。今はプサイの捜索とルクリエース王太子たちの監視に力を注ぎ、なんとしても奴らに『鍵』を使われるのを阻止しなければな」

「はい」

謁見室の扉の前で二人は覚悟を決めると、背筋を伸ばしてそろって入場していった。

ジークハルトにエスコートされて、大臣や主だった重臣たちが見守る中、ロイスリーネたちは玉座に向かって進む。

玉座に腰を下ろしたところで、正面の扉の前で騎士が神聖メイナース王国のルクリエース王太子の入場を告げた。

扉が開かれ、赤い絨毯の上を王太子とその一行が進んでくる。

最初に目に入ったのは、先頭に立つ金髪に青い目をした青年だった。一行の中で一番豪華な礼装を身に着けているところから、彼がルクリエースで間違いないだろう。

王太子はなかなかの美形だった。謁見の間に同席していた大臣の夫人たちが感嘆のため息を漏らしている。

もっとも、普段ジークハルトをはじめとする美形に囲まれているロイスリーネは、彼の美貌に対して一切興味は湧かなかったけれど。

――優男、とでも言えばいいのかしら。物語の王子様のように煌びやかな容貌だけど……何かしら、クロイツ派だと疑って見ているせいなのか、妙な胸騒ぎがするわ。

ルクリエースの斜め横に立っているのは、年配の男性だ。これはおそらく神聖メイナース王国の外務大臣だと思われた。幸いなことに彼からは何も感じない。

外務大臣の後ろには文官と思しき者たちが続く。その中で、ロイスリーネの目に留まったのは、従者の服装をした二人の男性だ。

――この二人にもなんだか、嫌な感じを覚えるのよね。見ているだけで不安になるというか……。

ルクリエースは一歩前に出ると、優雅な仕草で頭を下げた。

「ルベイラ国王陛下、ならびに王妃陛下。お初にお目にかかります。私は、神聖メイナース王国の王太子ルクリエースと申します。このたびは結婚一周年おめでとうございます」

「ルクリエース殿下。遠路はるばる我々の結婚一周年記念を祝いにいらしていただき、とても感謝しております」

ジークハルトが玉座の上から、彼にしては柔らかな口調で言った。

「ありがたきお言葉。こちらこそ我々を温かく迎えていただき、感謝しております」

ロイスリーネは息を吸い「王妃の微笑」を浮かべながら口を開いた。

「ルクリエース殿下は長らく意識不明だったと聞いています。お身体の方はもう大丈夫でしょうか。ルベイラまでの長い旅で、体調を崩されるようなことはありませんでしたか？」

ルクリエースは顔を上げてにっこりと笑った。

「お気遣いありがとうございます、王妃陛下。身体の方はもうすっかりよくなっております。ルベイラまでの旅も、無理をしないで来たので何の問題もありませんでした」

「それはよかったですわ。ルベイラに滞在中、もし体調を崩されるようなことがあれば、遠慮なく仰ってください。すぐに医師を派遣しますので」

「ありがとうございます。もし何かあれば頼らせていただくこともあるやもしれません。その際はよろしくお願いいたします」

そつがない態度に、非の打ちどころのない受け答え。さすが一国の王子だと思わせるものがあった。もし仮に洗脳状態だとしたら、これだけ完璧な言動が取れるだろうか。

ふと思い出されるのは、ターレス国の親善使節団の一員としてやってきた偽トレイス侯爵――つまりシグマの「お目付け役として完璧だった」様子だ。セイラン王子の言動に青ざめたり、それを諫(いさ)めたりしていたシグマの演技を、ロイスリーネたちは誰一人として見破ることができなかった。

――もし、ルクリエース殿下が、シグマたち夜の眷属(けんぞく)の誰かに乗っ取られていたなら……たぶん、同じように完璧な受け答えができるはずよ。

「王妃の微笑」を浮かべたまま、ロイスリーネはジークハルトとルクリエースの決まりきったやり取りを見守った。

やがて謁見を終えた王太子の一行が、謁見の間を去っていく。彼らの姿が見えなくなり、扉が閉まったとたん、ロイスリーネは緊張した身体を弛緩(しかん)させた。

「あれが話題のルクリエース王太子か」

「なかなかの好人物ではないか」

「到着したばかりだが、さっそく他国の王族や大使たちから面談の申し込みが殺到(さっとう)しているらしい。さすがに今日はお断りしたようだが、明日からは大変だな」

王太子一行を見た大臣たちはそれぞれ感想を言い合っている。そのほとんどが好意的な意見ばかりだ。

「いかにも優秀(ゆうしゅう)な王子様っていう感じですわね。でも私のタイプではないわ。当て馬にしかならなさそう」

などというちょっと失礼なリリーナの意見もあったが、それは少数派だ。

謁見を終えたロイスリーネたちはジークハルトの執務室に集まった。そこには謁見の間の端で彼らを検分していたライナスやミルファもいる。

「……さて、王太子ルクリエースを見て、皆はどう思った？」

ジークハルトが尋ねると、カーティスが首を横に振った。

「分かりませんね。判断する材料が足りない。正気なのか洗脳されているのか、それとも眷属に乗っ取られているのか」

「ライナスとミルファはどうだ？」

「私も分かりませんでした。ただ、洗脳や魅了の魔法にかかっていないのは確かですね。トカラの実だとしたら私にも分かりませんので、身体の成分の一部を調べるべきかと」

ライナスはこう答えたが、ミルファはその横でモジモジとしながらこんなことを言った。

「あの……あそこにいた誰にも呪いの紐は見えなかったんですが、その、一部の人が時々二重写しみたいに見えることがあって。気のせいじゃないかと何度も目をこすったのですが、やっぱり気のせいじゃなくて……」

「やたらと君が目をこすっていたのはそのせいか。二重写し、とは？」

目を丸くしてライナスが尋ねる。ミルファは両手の人差し指の先頭をつんつんと合わせながら答えた。

「文字通り、二重に見えたんです。その人の後ろにもう一人……といってもうっすらとした影のようなものが張りついているというか」

ロイスリーネは思わず身を乗り出した。

「それってもしかして……。ねぇ、ミルファ。二重に見えたのは全員じゃないのよね？　誰と誰が二重に見えていたのか教えて」

「は、はい。二重に見えていたのは――」

それはロイスリーネが嫌な感じだと思ったルクリエースと二人の従者だった。

「やっぱり！　陛下、その三人はきっと夜の神の眷属に乗っ取られていると思います。勘ですが、間違いないです！　ルクリエース殿下の中にはシグマが入っていて、後の二人はデルタとラムダだと思います！」

「……ああ、その可能性は高いな」

ジークハルトが顔をしかめながら頷いた。

「ただ、証拠がない。今すぐにも捕まえたいが、王宮にいる他国の賓客の手前、確たる証拠もなしに捕縛することは難しいだろうな」

「そうですね。クロイツ派の者だとまず証明できなければ、ルベイラが非難されるでしょう。ひとまず彼らの髪の毛を採取して確認してみることにしましょう。彼らからトカラの実の成分が検出されれば、拘束したとしても言い訳が立ちます。トカラの実の使用は全世界で禁止されていますから。問題は――」

「そう都合良く採取できるかだな。前にルベイラにやってきた偽トレイス侯爵ことシグマは、髪の毛一本すら証拠を残さなかった」

当時のことを思い出したのか、ジークハルトは口元をきゅっと引き結んだ。

「ええ、望みは薄いかもしれませんね。大神殿にいるディーザ審問官とニコラウス審問官が王太子の宮殿から何か見つけられるといいのですが……」

ルクリエースが怪しいというのは、内部監査室でも把握していて、彼がルベイラにいる隙に宮殿内を捜索することになっていた。だが、ルクリエースが出立してから十日過ぎても、未だに進捗はない。

なぜなら、内部監査室を管轄する上官……つまり教皇から「待った」がかかっているからだ。

王太子に頭が上がらない状態の教皇たちは、本人の許可も得ずに宮殿を捜索することを躊躇しているという。

業を煮やしたディーザとニコラウスは、懲罰を覚悟で王太子の宮殿に潜入することにしたようだ。

「聖女マイラもいることですし、必ず何かを摑んでくれるでしょう」

マイラとはルベイラのファミリア神殿に所属する『過去見の聖女』だ。彼女のギフトは「触れた物からその場で起こった過去の情景を引き出すことができる」というもので、今まで何度もその能力を使って事件を解決してきた実績を持つ。

エイハザールの荒野で、イレーナたちを護送中だったディーザを襲ったのがニコラウス（イプシロン）だったことを突き止めることができたのも、彼女の『過去見』のギフトのおかげだ。

「宮殿の捜索は本日行う予定だそうです。何か見つけ次第、すぐに連絡が入りますので、捕縛の準備を進めておきましょう」

カーティスの言葉にジークハルトは頷いた。

「ひとまずルクリエース王太子には『影』をつけてある。何か動きがあれば連絡が来るだろう。王宮にいる『影』たちは襲撃に備えて要所で待機だ。ライナス、王太子一行がいる間は、魔法使いたちにも油断なく警備の任につかせてくれ」

「御意」

ジークハルトはロイスリーネに視線を向ける。

「ロイスリーネ。君はなるべく部屋から出ないようにしてくれ。鍵を手に入れた以上、奴らの優先順位は夜の神の元へと行くことに変わった。だが、連中は君の命を狙うことを諦めたわけではないだろう。敬愛する主が持っている『破壊と創造』の権能を、憎んでいる人間が行使することを、奴らが許すわけはないのだから」

「はい。気をつけます」

「リグイラたち外回りの『影』にはルベイラ王の霊廟を守ってもらう予定だ。連中は必ずそこに行きつくだろうからな」

最後にジークハルトは執務室にいるメンバーにぐるりと視線を向けて、決意のこもった声音で告げた。

「敵は間近にいる。皆、気を引き締めて行動してくれ」

「ここでもあちこちにいる羽虫がうるさいこと」

ルベイラ王宮の一角にある大部屋の一つで、とある女性が呟いた。

その女性が身に着けているのは下級の侍女が着ている制服だ。

今彼女がいる大部屋では、神聖メイナース王国からやってきた一行の荷物が運び込まれていて、この侍女を含めた五、六人の下級侍女が荷解きをしている。

「潰してしまおうかしら。……いえ、まだその時ではないわね」

侍女の声はそれなりに大きかったものの、彼女に目を向けるものはいない。

耳が聞こえないのではない。他の侍女たちにとって「彼女」はいないものと認識されているだけだ。だからどれほど大声で話そうが、誰も彼女に目を向けることはなかった。

「魅了術は便利ね。だけど残念。この身体も合わないみたいだから、長くはもたないわ」

荷解きをする侍女たちを横目に、粗末な椅子の上でくつろぎながら彼女は呟いた。

彼女はクロイツ派の教祖として約五十年ほど、彼らを率いてきた。

名前はプサイ。もっとも、身体の名前を挙げるのであれば「イレーナ」だ。

プサイは下級使用人としてルクリエース王太子一行より先に送られた荷物とともに王宮入りをしていた。ルベイラの者たちは、ルクリエースたち本隊は注視して警戒するだろうが、先に届いた荷物にまでは気が回らないだろうと考えたからだ。

ルクリエースたちは正面玄関から入ったのに対し、プサイたちは使用人が使う通用門から王宮に入った。その間、彼らに注意を払う者は誰もいない。

こうして思惑通り、プサイはまんまとルベイラの王宮に潜り込んだ。

身体の本来の持ち主であるイレーナはルベイラの王宮では知られた顔のようだったが、今のところ変装が見破られてはない。目立つ銅色の髪は、染めるという原始的な方法で色を変え、楚々とした美人と呼ばれる美貌も眼鏡で隠している。

今の彼女はどこからどう見ても下級使用人だ。

「ふふ、シグマたちは今頃豪華な部屋でその時を待ちわびているのでしょうね。私もよ。ああ、こうしてこの地にいると、あの方の存在をはっきりと感じ取ることができるわ」

うっとりとした表情でプサイは呟く。

「もう少しの辛抱です。我が主よ。このプサイが必ずあなた様を忌々しい封印から解放してみせますから」

人間の姿をしているものの、その本性は豹だ。

プサイは実質的に最後の夜の神の眷属として生み出された。

眷属は後から生まれた個体の方が強くなる傾向がある。ひとつ前に誕生したカイは熊の獣人で力こそ強いものの、魔力操作に長けた強靭な肉体を持つプサイの方が総合的な力は強い。そして動物は力こそがすべてだ。

故に最後の眷属であるプサイは彼らの頂点に立つ存在だった。……アルファたるアベルを除いては。

アルファであるアベルは、プサイにとっても特別な存在だった。

最初の眷属にして最初の亜人。夜の神の最愛の獣。それがアルファだ。

弱い個体のうさぎの獣人であるにもかかわらず、アベルは特別で、眷属全員に尊敬されていた。優しくて賢くて、産みの親である夜の神が母なら、アベルはまさしく眷属たちの父のような存在だったのだ。

他の眷属たちを見下していたプサイでさえも、アベルにだけは頭を垂れた。なぜなら、いずれアルファはオメガとして再誕し、アルファオメガという眷族神となって夜の神が眠りに落ちた後もプサイたち眷属を導くはずの存在だったからだ。

自分より強い個体、オメガとして再誕したアベルの横に立つのは、眷属の中で一番強い自分である。自分こそがアベルに相応しい――と、プサイは考えていた。

ところが、来ると信じていた未来は訪れなかった。

すべてが変わってしまったのだ。彼らの主である夜の神が壊れ、最後の眷属として人間の娘を生み出した時に。

「あんなのオメガじゃない！　ただのゴミだ！」

プサイは激昂する。あの時の絶望と怒りは何千年経とうと、プサイの脳裏から離れたことはない。

『プサイ。これはあの方の意思だ。怒りに我を忘れていても、リリスが人間として生まれたことが、あの方が人間を愛している証なんだよ。だから怒りを鎮めて。あの方のように憎悪にとらわれてはいけない』

アベルはそう言ったが、プサイはリリスを、夜の神の人間に対する愛の象徴だとは思えなかった。だからこそ、気持ちを同じくするシグマやイプシロンたちと山を飛び出して、人間たちに対する復讐を始めたのだ。

夜の神によってプサイが誕生した時、すでに亜人は滅びの道を歩み始めていた。

ただでさえ少なくなっていた亜人は、人間たちにさらなる迫害を受け、どんどんその数を減らしていった。

『なぜ、どうして互いに手を取り合って生きていけぬのだ。……ああ、だめだ、これ以上怒ってはいけない。腹を立ててはいけない。憎んではいけない。……人間も亜人も共に我が子なのだから』

夜の神は嘆く。人間たちからの悪感情という名の穢れに包まれながらも、悲しみをこらえ、怒りをこらえ、我慢を続けた。

なぜなら創世神たる夜の神が怒りに我を忘れてしまえば、たちまち彼（彼女）が司る「死」が蔓延してしまうからだ。

けれど、ああ、けれど、プサイが祖となった豹人族が死に絶え、種としての断末魔が夜の神に届いた時、かの神を抑えていた箍が外れてしまった。

『ああ、許さない。許せないっ。よくも、我が子らを！』

怒りの中、夜の神はリリスを誕生させた。アルファオメガではなく、ただの人間を。

その上、リリスはアベルに愛されて守られていた。アベルの横に立つのはプサイだったはずなのに。

あろうことか、眷属のなかでもリリスを認めるものがいた。人間を。憎むべき人間を。

それはひどい裏切りに思えた。プサイはリリスを認められなかった。認めるわけにはいかなかった。憎い人間を、許せるわけはないのだ。

プサイはリリスを消そうと思った。アベルがいない隙に実際に手にかけようとした。

……ところが、なぜかうまくいかなかったのだ。主に刃を向けているような気さえして、かすり傷一つつけられずにリリスの前から逃げ出した。

それは最強の眷属であるプサイにとっては屈辱的なことだった。

やがてリリスに向かうはずだった殺意と憎悪は、人間という種族すべてに向けられるようになる。

——ああ、そうよ。人間が滅ぶべきなんだわ。主を穢すだけの存在はいらないの。人間を殺しましょう。人間を殺して殺して、滅ぼしてしまえば、きっと我が主も元の優しい主に戻ってくれる。

殺して、殺して、殺して……そしてどのくらい経っただろうか。

ある日、主のいる方向に、巨大な光の柱が建ったのを見た。次の瞬間、あれだけ離れていても常に感じ取れていた主との繋がりがぷつっと切れた音がした。

急速に失われていく魔力。主の身に何かあったのだとすぐに分かった。

——すぐに戻らなければ！　他の眷属は一体何をしているのだ！

怒りにまかせて主の元へ戻ろうとした。けれどそこに立ちふさがったのは、他の創造神たちが残した眷族神——ファミリアをはじめとした新しき神々と、リリスにそっくりな黒髪に青灰色の目をした女だった。

『夜の神は封印され、眠りにつきました。眷属であり力の源であった主を失ったあなたはこのままではいずれ力尽きて消滅してしまうでしょう。でも、お父様もお母様もあなたが消滅することを望まないはず。ですから私はあなたをここに封印することにしました。プサイ、あなたの心の傷が癒えて怒りが解けるまで眠りなさい。……いえ、我らが神が正気を取り戻すその時まで』

リリスにそっくりな女性が歌うように告げる。

次の瞬間、プサイの意識は刈り取られ、その身体も魂も、暗い闇の中に封印された。

それからどのくらいの時が過ぎただろうか。闇の中でまどろんでいたプサイの意識が急に解放された。

――我らが主の元へ行かなければ。助けなければ、我が君を……。

身体は封印されたままで動くこともままならなかったが、精神だけなら他の生き物に憑りつくことでここから抜け出せそうだった。

――なんでもいい。動物でも、人間でも。

プサイは動けないまま、彼女が封印された山岳地帯の洞窟遺跡に何かがやってくるのをじっと待った。待ち続けた。

そして訪れたのがクロイツ派の者たちだ。細々と教義を守ってきた彼らは近くの村で攫ってきた魔法使いの女を殺して、彼らの言う『神』に捧げるために洞窟にやってきたらしい。

女の断末魔と血の匂いはプサイにとって心地よいものだった。

――ちょうどいい、彼らを利用しよう。

これ幸いと死んだばかりの女の肉体に憑りつき、仰天するクロイツ派の信者たちに自分こそがお前たちの言う『神』だと告げると、彼らは喜んでプサイに従った。

死体はすぐに腐ってしまったが、信者たちに生きた贄を用意させて乗り替えた。

だが、人間の意識が邪魔をして、思うようにその身体は動かせなかった。それに、憑りついた肉体は生きているにもかかわらず、すぐに使い物にならなくなってしまうのだ。男、子ども、老人と、何人もの人間の身体に乗り替えたが、なかなかうまくいかなかった。

クロイツ派の教祖となって最初の十年は、自分の思う通りに動かせる肉体を得るために費やされた。研究を続けるうちに器となる人間の自我を奪い、自ら身体を明け渡すように導けばうまくいくと分かった。だが、相変わらず憑りついた肉体はすぐにダメになってしまい、リリスたちが施した封印から主を救い出す方法も見つからなかった。

そんなある日、信者が一人の娘を連れてきた。その娘の一族は「神の祝福」を持つ人間を多く輩出しているのだという。娘自身はなんの魔力もないものの、何か役に立つのではないかと思って連れてきたらしかった。

トカラの実で洗脳されかけている娘の口から、『予言の魔女』の話を聞いた。半信半疑だったが、本当だったら、予言に謳われた娘を使えば主を解放することができるかもしれない。

さらにその娘は、意外なことで役に立ってくれた。情報を聞き出した後は娘をギフト持ちを産むための道具にしようと思っていたのだが、ためしに乗っ取ってみると、これが非常に具合がよかったのだ。

何年経ってもその肉体は壊れることがなかった。魔力がないのが残念だったが、クロイツ派の教祖として君臨するためには安定して動かせる肉体が不可欠だったため、それは些細なことだった。

こうして『魔女の系譜』の肉体を手に入れたプサイは本格的に動き始めた。仲間の封印場所を探し出して解放することに尽力する一方、二千年前に何があったのか詳細に調べさせることにした。

集めた文献の中に、夜の神の封印場所へと至る入り口を開ける鍵が必要だということを知った時は歓喜したものだ。これで主の元へ行き、解放することができる。

「あれから四十年。いえ、私がクロイツ派の教祖となってもう六十年近く経つわね。それだけの月日をかけてようやく私たちはここまでやってきたのよ」

鍵は手に入れた。予言の娘も誕生した。時間をかけて練り上げた計画の準備はすでに終えている。プサイの合図一つでこの王宮は地獄と化すだろう。

「裏切り者のルベイラの子孫たちよ。亜人の誇りを失った者たちよ。お前たちの命と断末魔の叫びを我が君への贄として捧げてやろう」

プサイは足元に向けて熱に浮かされたように囁いた。

「ああ、主、主、我が君よ。どうか解放した暁には褒めてくださいませ。さすがプサイだと。プサイこそが最強の眷属だと、言ってくださいませ」

その瞳にはもはや在りし日の黒い竜しか映っていなかった。

同じ頃、神聖メイナース王国の王太子ルクリエースの宮殿に、三人の招かれざる者たちの姿があった。

警備の兵の目をかいくぐり、邪魔になると思われる使用人たちを眠らせた彼らは、王太子の私室に来ていた。

内部監査室所属の審問官、ディーザとニコラウス、それに『過去見の聖女』マイラだ。

三人はルクリエースがクロイツ派と通じている証拠を探すため、密かに潜り込んでいる。

「あなたにこのようなことをさせてしまい、申し訳ありません、聖女マイラ」

部屋を物色しながらマイラに言ったのはニコラウスだ。貴族出身で礼儀正しく真面目な性格の彼は、神殿の宝物である聖女を犯罪行為に巻き込んだことを申し訳なく思っているようだ。

「構いませんよ、ニコラウス審問官。私は真実を明らかにするために神様からギフトを授かったのだと思っています。私の力が世の中の役に立つのであれば、不法侵入など些細なことです。ええ、ジョセフ神殿長の下についた時から私はそう開き直っているので、気にする必要はありません」

「……一体ジョセフ神殿長は普段からあなたに何をさせているのやら」

渋い顔になったのはディーザだ。ジョセフ神殿長とは大神殿に来た時からの付き合いのため、普段は温厚で聖職者の鑑だと言われている彼が、意外にも色々なことに頭を突っ込む性格であることを知っている。

マイラは顔を綻ばせた。

「ふふ、あれやこれやですよ、ディーザ審問官。……それにしても、髪の毛などは全然落ちていませんね。掃除をする人が優秀なのか、それとも普段から落ちないように気をつけているのか」

「後者だと思います、聖女マイラ。ルベイラにやってきたシグマは何の痕跡も残さなかったそうですから。ニコラウス、そっちはどうだ？」

ディーザの質問に、隣の寝室を捜索していたニコラウスが戻ってきた。

「こちらにもない。特にクロイツ派との関わりを示すものも見つからない。どこか別の場所に隠しているのか、それとも探られた時のためにルベイラに持参しているのか……」

「私が『視て』みるわ。ニコラウス審問官、この時計はずっと前からここにあるものかしら？」

チェストの上に置かれた金の置き時計を手に、マイラが尋ねる。彼女はこの時計を使って、『過去見』を試すつもりなのだ。

「はい。先代の国王陛下が孫である殿下に贈ったもので、小さい頃から使っていました」

「ならばちょうどいいわね。思い入れのある道具の方が視やすいから」

マイラは時計にそっと語りかける。

「さぁ、あなたが視ていたものを、私にも教えてちょうだい」

次の瞬間、マイラの視界に置き時計の前で繰り広げられた過去の光景が次から次へと浮かび上がっては消えていく。

ややあってマイラは顔を上げた。その表情はほんの少しだけ青ざめている。

「ニコラウス審問官、あなたがこの部屋で洗脳されたのは間違いないようよ。飲み物を運んでくれた黒髪の侍女を覚えているかしら」

「ええ、覚えています」

「彼女こそがクロイツ派の教祖であるプサイよ。あなたの洗脳も彼女の指示によるものね。そして、ルクリエース王太子と彼の従者はあなたより前にすでに洗脳されていて、半年前に二人の従者がデルタとラムダに、そして五ヶ月ほど前にはルクリエース王太子がシグマによって身体を乗っ取られたようだわ」

「やはり、そうだったのか……」

　ニコラウスは唇を噛みしめる。

「正気に戻り、殿下が『政教分離』などと言い始めたことを知った時からずっとおかしいと思っていたのだ。殿下は国にとって大神殿がどれほど重要か分かっていらしたからな。だからこそ、大神殿の意向に逆らうことなく、けれど付属品としてではない国の在り方を模索しておられたんだ。そんな殿下が大神殿に喧嘩を売るような『政教分離』など唱えるはずがない」

「そう言い出した頃には完全にクロイツ派によって洗脳されていたのだろう」

「二人とも、そのソファを動かして絨毯をはがしてみて」

　突然マイラが大きなラグの上に置かれた豪華なソファを指さした。

「そこに地下への入り口があるわ。彼らはその下に何かを隠していたみたい。何度か出入りしている姿が映っていたわ」

　ディーザとニコラウスは顔を見合わせると競い合うようにソファをどかし、絨毯をはがした。すると、マイラが言うように床には扉のようなものがあり、開けてみると下へと続く階段があった。

「この中に何らかの証拠を隠していたのかもしれないな。行ってみよう」

「ああ。聖女マイラは危ないのでここで待っていてください。ディーザ、行くぞ」

二人はランプを手に慎重な足取りで階段を下りていった。

「――――ここは……」

階段を降りきったところには部屋があり、その一角には鉄格子で覆われた小部屋が存在していた。どうやらもともと地下牢として作られた部屋のようだ。けれど今は古文書らしきものが無造作に積まれている。

「もしや、クロイツ派の連中によって集められた古文書か？　これが盗まれたものだと証明できたら、クロイツ派と繋がっている証拠になるかもしれないな」

だが、どうやらルクリエースたちは古文書のみを放置していただけではないようだ。ディーザは床に無造作に投げ捨てられた、干からびてミイラ状になった遺体を発見した。

「これは――もしや、前のプサイの器、か？」

そのミイラは侍女の服を身につけており、頭皮には黒髪が残っていた。ミイラ化しているために腐臭はなかったものの、遺体に色濃く残った死の匂いにディーザは思わず顔をしかめた。

職業柄、遺体には慣れているが、だからといって見ていたいものではない。ニコラウスもこうなっていたかもしれないと思うとなおさらだった。

「この遺体を調べればトカラの実の成分が出てくるかもしれないな……」

呟いた声をかき消すように、ニコラウスが驚きの声を上げた。

「ディーザ、来てくれ！　こっちの牢屋に男がいるぞ！　衰弱しているがまだ生きているようだ！」

「何だと？」

ニコラウスの言葉にディーザは鉄格子で囲われた小部屋の前に急いだ。

牢屋の中には薄汚れた男が横たわっている。いつから牢屋に入れられていたのかは分からないが、つい最近までは水や食料を与えられていたようで、部屋の隅には食器と水差しが残されていた。

「王太子がこの宮殿を離れて十日経つが、よく生きていたな……」

感心しているニコラウスをよそに、男の顔にランプの光を当てたディーザは「あっ」と声を上げた。男に見覚えがあったからだ。

「お前は……ガイウス？　ガイウスか？」

なんと牢屋にいたのは、ディーザが大神殿に護送するはずだった二人組の片割れ、元神殿長のガイウスだったのだ。

おそらく二人はイプシロンによってここに運ばれたのだろう。そしてイレーナの方はプサイの器として使われ、ガイウスは贄にでもするつもりでここに閉じ込められていた。そんなところだろう。

「これで王太子がクロイツ派と繋がっている証拠が手に入った。ルベイラ国王も王太子の身柄を拘束することができるだろう。すぐにジョセフ神殿長に知らせなければ」

言いながらディーザはニコラウスの表情が曇ったことを見逃さなかった。ルクリエースの将来のことを案じているのだろう。

ディーザはニコラウスの背中を叩いた。

「王太子の身体からシグマを追い出す方法は必ず見つける。心配するな。お前という前例があるんだ。不可能ではないさ」

「……そうだな。生きてくれさえしたら、挽回はできるはずだ。私も、殿下も」

ニコラウスは感傷を振り払うように頭を振ると、ディーザに言った。

「さぁ、聖女マイラも心配しているだろう。ひとまずここから出て、私たちのやるべきことを為そう」

「あら。もう見つかってしまったのね。やっぱり羽虫は潰しておくべきだったかしら？」

プサイは椅子から立ち上がると、忙しく立ち働いている同僚たちに声をかけた。

「あなたたち、武器を取りなさい」

彼女たちは突然動きを止め、荷物の中からそれぞれ小さなナイフを取り出してプサイの前に並んだ。

「いい子ね、私の手下たち。あなたたちのやることはもう分かっているわね」

焦点の合わない目をした侍女たちがこくんと一斉に頷いた。

「さぁ、行きなさい」

ルベイラに来るまでにプサイは使用人たちを全員魅了術にかけて虜にしていた。今や彼女たちはプサイの意のままに動く殺戮人形だ。

命令を受けた彼女たちは部屋を出ていった。すぐに外で悲鳴が上がる。

「ふふ。まさか到着したその日に行動を起こすなんてルベイラ国王たちも思わないでしょうね」

プサイは眼鏡を取って嫣然と笑った。

「さぁ、ゲームの始まりよ」

第六章 黒き竜は幸せな夢を見る

『影』の一員であるリードは神聖メイナース王国の王太子ルクリエースを監視する任務についていた。

真面目な性格のリードはルクリエースに与えられた客室の外で、気配と姿を隠して中の様子を窺う。一定の距離を置きながら動向を監視せよというのがジークハルトからの命令だ。

王太子は到着したばかりだからと各国からの面会の要請を断り、従者二人とともに客室でくつろいでいる。特に怪しい動きは見られない。

彼らが部屋の中で話している内容も他愛のないもので、クロイツ派との接点を匂わせるようなものは何もなかった。そう、一見、どこにでもいるような普通の王族の振る舞いだ。

だがリードはこれでも幼い頃から『影』の一員として訓練を受けてきた身だった。その彼の『影』としての勘が、ルクリエースと従者の二人は普通ではないと告げている。

『影』の時以外は常にどこか他人を演じている彼らだからこそ、同じように「他者を装っている」ルクリエースたちの違和感を肌で感じ取れるのだろう。

——今のところ怪しい動きを見せてはいないが……。

「さて、そろそろ時間かな？」

唐突にルクリエースが言う。次の瞬間、リードの背筋にぞわっと悪寒が走り、反射的に彼は動いていた。だが、気配もなく忍び寄った人物による凶刃を完全には避けきれず、リードは背中に焼けつくような痛みを覚える。

「くっ……」

「あら、羽虫を潰し損ねたわ。残念」

斬られながらも距離を取ったリードの視界に、侍女服を身に着けた茶色の髪の女の姿が映った。髪の色は記憶とは異なるものの、顔だちは数ヶ月前に偽聖女として断罪されたイレーナのものだった。けれど、まとう雰囲気はまったく違っている。

——こいつは……。

痛みをこらえながらもリードは危険だと判断し、ライナスに渡されていた魔道具を発動させる。あまり魔法が得意ではないリードでもライナスが発明した「空間移動補助装置」のおかげで王宮内であれば移動できる。身体が空間移動に耐えられるかどうかは分からないが、ここにいても殺されるだけだ。

——せめて陛下にこの女の情報を伝えなければ……！

足元に魔法陣が生じ、次の瞬間、リードの姿はルクリエースのいる客室の廊下から消えて、ジークハルトの執務室に移動していた。

「リード⁉」

突然血だらけのリードが床に現われたことに仰天しながらジークハルトは駆け寄った。

ジョセフ神殿長経由でルクリエースの宮殿から発見されたものについて報告を受け、王太子たちの身柄を拘束するようにとベルハイン将軍に命じた直後のことだった。

「しっかりしろ、リード！」

「これはひどい傷ですね。出血もひどい。リード、一体何があったのです？」

カーティスが回復魔法を唱えながら尋ねると、リードは目を開けた。無事に転移できた安堵と痛みに気が遠くなりながらも、リードは最後の力を振り絞って告げる。

「プサイと思しき女が現われて……後ろを取られて……申し訳ありません、不覚を取りました」

「リード、しっかりしろ！　今医者を呼ぶから！」

「プサイは、他国の侍女の格好を、しておりました。おそらくは、下級使用人の中に紛れて、入ってきたの、だと思われます。やつらは、これから何かを、しようと……」

そこまで言うと、リードは力尽きて気を失った。

「急所は外れているが出血がひどいです。エイベル、医者が来るまで止血を頼みます」

「了解！」

すぐさまエイベルがカーティスと場所を入れ替わってリードの手当てを始めた。

と同時に王宮内にいる『影』から心話で焦ったような連絡が次々と入ってくる。

『陛下！　神聖メイナース王国から来た使用人が武器を持って護衛兵たちに襲いかかっています！　様子からして何かの強い暗示にかけられているようです！』

『カイン坊や、護衛兵に敵が紛れていたようだぞ。不意を突かれて兵たちの足並みが乱れているみたいだ！』

『ちょっとちょっと陛下。ヤバいっすよ！　どこに潜んでいたのか知らないけど、クロイツ派の先鋭部隊が暴れてるっす！』

「チッ、どうやら先手を打たれたようだな」

ジークハルトは舌打ちをすると、次々と『影』たちに指示を飛ばした。

「神聖メイナース王国から来た使用人は護衛兵と魔法使いたちにまかせて、お前たちはクロイツ派を叩け。普通の兵士じゃ先鋭部隊に太刀打ちできないだろうからな」

『御意』

『了解だ、カイン坊や』

『はいっす。他の仲間にも伝えておくっす』

「彼らが行動を起こすなら二日後に行われる祝賀パーティーに合わせてだろうと思ってい

たのですが……」

カーティスが悔しそうに顔を歪ませる。

「申し訳ありません、陛下。私の見立てが甘かったようです」

「確かに予想より早かったが、これも想定の範囲内だ。鍵を手に入れたのだから、奴らが待つ理由はない」

「ええ。それに、大神殿やディーザたちの動きを見て、様子見する余裕はないと考えたのかもしれませんね。いずれにしろ、後手に回ってしまったのは確かです。ですが、我々も準備をしてこの日を迎えたのです。そうやすやすと敵の思い通りにはさせません」

いつもの余裕のある様子を取り戻したカーティスが強い口調で言う。

「ああ」

クロイツ派の一員、あるいは幹部だと思われる王太子ルクリエースを迎えるにあたって、ジークハルトたちが何も用意していなかったわけではない。あらゆる事態を想定して準備をしてきたのだ。

「ライナス、聞こえるか？」

心話で呼びかけると、すぐにライナスから返信が来た。

『はい、陛下。この事態も把握しています。すでに王宮に招待した聖女様たちに御助力をお願いしており、今うちの魔法使いたちと護衛兵、それに神殿から来てもらっていた神殿騎士たちと一緒に王宮内を回ってもらっています』

ライナスの言葉の通り、戦闘に巻き込まれない範囲でだが、この聖女たちが予想以上に活躍してくれていた。

聖女ミルファは魅了術によって操られている神聖メイナース王国の下級使用人たちを捕える端から『解呪』していっている。

『薬師の聖女』は持参した薬でけが人を片っ端から治療していくし、『緑の手の聖女』などは王宮の蔓科の植物に「お願い」をして、敵だと思われる者をどんどん拘束しているらしい。

『水の聖女』などは賓客の部屋に火を放とうとしたクロイツ派の先鋭部隊を一瞬にして氷漬けにしてしまったようだ。

『敵の見分け方？　そんなのは簡単です。聖女と知りつつこちらに武器を向ける者は敵です。クロイツ派ならまず聖女と見れば襲ってきますから』

祝福持ちの女性は少なからずクロイツ派に狙われた経験を持つ。守ってもらうために神殿所属の「聖女」になった者も多いので、皆クロイツ派に対しては恨みを抱いているのだ。直接叩きのめす機会を得た聖女などは率先して戦闘場所に赴くので、付き従っている方がヒヤヒヤしているという話だった。

『そういうわけで、王宮内の騒動はそう遠くないうちに収まると思いますよ』

「そ、そうか。頼もしいな」

聖女たちを祝賀パーティーに合わせて招待し、何かあれば力を貸してもらうというアイディアはロイスリーネが考えたものだが、見事な采配だったとしか言いようがない。

「……まぁ、ロイスリーネだからな」

「ええ、王妃様ですからね」

「さっすが王妃様だよね！」

カーティスとエイベルがどこか誇らしげに同意する。

「陛下！　王宮内に賊が侵入しました！」

遅れて軍の将校が報告にやってくる。足を使っての報告なので仕方のないこととはいえ、遅いのは否めなかった。

軍からの報告をもっと早くする方策を考えなければと思いながら、ジークハルトは将校に命じる。

「軍は引き続き招待客の安全を最優先にするようベルハイン将軍に伝えてくれ」

招待客に何かあれば国際問題になる。なんとしても賓客は守らなければならなかった。

――それを見越しての襲撃だろうがな。

幸いだったのが、祝賀パーティー当日ではなかったため、まだ到着していない招待客も多く、予想よりも兵力が分散しないですんでいることくらいだろうか。

戦闘が長引けば招待客にも被害が出たかもしれないが、皆のおかげで最悪な状況は避けられそうだ。

「おそらく今、王宮内で暴れている敵は陽動でしょう。陛下、ここは私が引き受けます。陛下は王妃様のところへ。奴らが王妃様の命を諦めるとは思えませんので」

カーティスの言葉にジークハルトは頷いた。エイベルは未だにリードを介抱しつつ治療魔法をかけている。三人の中で一番回復魔法が上手なのがエイベルなのだが、その彼がこれほど手こずっているということは、それだけリードの傷が深かったのだろう。

「カーティス、エイベル。後は頼んだぞ。ロイスリーネの無事を確認したらすぐに霊廟に向かう。必ず奴らはそこに向かうだろうからな」

ジークハルトは剣を摑んで腰帯に差すと、部屋を飛び出していった。

ロイスリーネの耳にその喧騒が届いたのは、ジークハルトが部屋を飛び出すほんの少し前のことだった。
この時ロイスリーネの傍にいた侍女はエマとカテリナだけだ。他の侍女たちは賓客のた

めに貸し出されたり、順番に休憩を取ったりしていて、部屋にいなかった。

「何か騒がしいわね？」

この頃には、クロイツ派の魔の手がロイスリーネのいる本宮内にも入ってきていて、護衛の騎士と戦闘になっていたのだが、ロイスリーネはまだそのことに気づいていない。

「そうですね。何かあったのでしょうか？」

「少し見てまいりましょう」

白いリボンを縫っていたカテリナが立ちあがり、扉の方に行きかけた時だった。ロイスリーネの耳元で声が聞こえた。

『リーネちゃん、敵だ。王宮のあちこちにクロイツ派の戦闘員が現われて騒ぎになっている。部屋の外に出たらだめだ』

ロイスリーネの護衛についている『影』のゲールからの警告だった。

――なんてこと。予想より早いわ！

すばやくソファから立ち上がると、ロイスリーネはカテリナに声をかけた。その声は緊張で強張っている。

「カテリナ。敵襲のようだわ。外に出てはだめよ。扉から離れて、こっちへ。エマもよ」

「はい」

エマはすかさずロイスリーネの傍に駆け寄る。カテリナもロイスリーネのところへ戻ってきて、扉の方を警戒するように見つめた。

そうしている間にも外から聞こえてくる喧騒はどんどん大きく、そして近くなってきている。

――陛下たちもクロイツ派が必ず仕掛けてくるだろうと言っていたから、覚悟はできていたけれど……それでもやっぱり戦いは嫌だわ。必ず誰かが傷つくもの。もしかしたら、命を落とすことだって……。

どこかで悲鳴のようなものが聞こえて、ロイスリーネはビクッと肩を揺らした。どうなっているのか確かめたいけれど、戦闘になった場合は部屋から動いてはだめだとジークハルトに念を押されているため、悲鳴の主が無事でいるのを祈ることしかできなかった。

「大丈夫です、王妃様。ルベイラ軍は優秀ですもの。いざとなれば私が戦って王妃様とエマさんをお守りします」

カテリナは自分も怖いだろうに、気丈にもロイスリーネを慰めた。

「私の実家は軍属ですから、私も幼い頃から武芸の心得があります。ご心配なさらずに」

「ありがとう、カテリナ。心強いわ」

「私も、いざとなったら火の玉くらい出せますから。リーネ様には指一本触れさせません」

エマが負けじと言う。

「エマもありがとう」

——ゲールさんたちが守ってくれているから大丈夫だと思うけど、いざとなったらエマとカテリナを連れて秘密の通路に飛び込もう。

そう決心して固唾を呑んで扉を窺っていると、剣と剣がぶつかり合う音、「ここを通すな！」「援軍を！」などという切羽詰まった声まではっきりと聞こえてくる。どうやら敵はだいぶ近くまで来ているようだ。

——どうしよう。もう寝室に行ってそのまま通路に飛び込んだほうが⁉

突然、扉がバンと開いた。続いて黒い衣装に全身を包んだ男たちが抜き身の剣を手に次々と部屋に入ってくる。

その黒い衣装には覚えがあった。クロイツ派の先鋭部隊だ。

「リーネ様、早く寝室に逃げ——」

「いたぞ、王妃だ！」

先頭にいた男がロイスリーネを見て言った。だが、その男は風のように現われた二人組によって蹴り倒され、後ろにいた黒ずくめの男たちを数人巻き込んで床に倒れ込んだ。

「ゲールさん、マイクさん！」

マイクとゲールは慣れた様子で黒ずくめの男たちを倒していく。けれど敵はそれなりに人数もいるようで、次から次へと部屋に入ってこようとしている。

「ちっ、思っていた以上に数が多いな」

「あっ、やばっ、くそっ」

二人の隙をついて彼らの防衛線をくぐり抜けた男が、ロイスリーネ目がけて走ってくる。

「リーネ様！」

エマがとっさにロイスリーネを庇おうと前に出た。

「エマ！　だめっ！」

ロイスリーネの前に立ちはだかるエマに向かって男は剣を振りかぶろうとして——不意にその姿を消した。

「…………え？」

正確に言えば男は姿を消したわけではない。ただ剣を振りかぶろうとした瞬間にその身体が宙に浮き、天井近くまで持ち上げられてしまったのだ。

ロイスリーネはあんぐりと口を開けた。

「な、なんだこれはっ」

黒ずくめの男は手足を動かそうともがいていた。だが大の字で天井まで吊り上げられた男の身体はビクともしない。まるで何かに固定されているかのようだ。

そしてそれはエマを斬ろうとした男だけに起こったことではなかった。部屋に入ろうとしていた黒ずくめの男たちが、ほぼ全員天井に吊り上げられていたのだ。マイクとゲールと対峙していた男たちでさえも。

唖然として天井を見上げたロイスリーネの目が、窓からの日光を反射してキラリと輝くものを捉える。そこでようやく黒ずくめの男たちの身体を吊り上げているものの正体に気づいた。

「……あれは……糸……？」

そう。糸だ。細くて透明な糸が男たちの身体に巻きついて動きを封じている。

――これは、一体……？

「まったく、なんて無粋な連中なのかしら？　私の目の前で王妃様に危害を加えようとするなんて」

コツコツと足音を響かせてカテリナが前に出る。その手には糸のついた針があった。

「マイクとゲールに気をとられ、私の繰糸術に気づかなかったのが敗因ですね。ああ、動かない方がいいですよ。もがけばもがくほどその糸は締まるので。糸が食い込んで肢体が切れてしまうかもしれませんよ？」

その言葉に天井でもがいていた男たちの動きがピタッと止まった。

「レーヌちゃん、助かったけどさ」

「俺たちの獲物まで取り上げるなんてひどすぎねえ？」

マイクとゲールが微妙な顔つきでカテリナに訴える。けれどカテリナはそんな二人に冷たい視線を送った。

「あなた方がもたもたしているからです。私がいたからよかったものの、あやうく王妃様とエマさんに危害が及ぶところだったじゃないですか」

とたんにマイクとゲールの視線が泳ぎ出す。

「あー、想定外に数が多くてな」

「すんません。レーヌちゃんがいて助かったよ」

そのやり取りはどう見ても親しい者たちの会話だった。

「…………カテリナ？」

信じられない思いでロイスリーネはカテリナを見つめる。すると、カテリナはくるっと振り返って、ロイスリーネの前に片膝をついた。

「黙っていて申し訳ありませんでした、王妃様。そうです。お察しの通り、私も『影』の一員です。侍女として王妃様のお傍に侍り、いざという時は護衛役となるためにこの任務についておりました」

「……まぁ、……そうだったのね……」

としかロイスリーネは返事のしようがなかった。黙っていたことに対して怒りはないが、カテリナが『影』だったことには十分驚いている。

――まさか、カテリナが『影』の一員だったなんて。裁縫とドレスに関すること以外は大人しくて目立たなかったあのカテリナが。

「驚いたわ……、本当に」

エマも驚きのあまり目を丸くしてカテリナを見ている。

「カテリナは本名です。王妃様付きの侍女になるためには本来の素性の方が都合がよかったので。『影』としての名前はレーヌと申します。ですが今までと同じようにカテリナとお呼びくださいませ」

「そ、そう、分かったわ。それで、あの、カテリナ、この状態は……一体……」

空に吊られた状態の黒ずくめの男たちを示しながらロイスリーネは尋ねる。

「これは私の糸による拘束です。私の武器はこの針と糸。趣味も裁縫なので、持っていても違和感がありませんでしょう？」

カテリナはにっこりと笑った。

「糸はこのように侵入者を拘束できますし、針はぶすっと急所に刺すだけで暗殺も完了です。持ち物検査をされても、針と糸なら持っていてもおかしくありませんから正体がバレることもありません。とても便利なんですよ」

「そ、そう……」

顔を引きつらせながらロイスリーネは、やはりカテリナも『影』の一員だと妙に納得するのだった。

「ロイスリーネ、無事か！」

そこへジークハルトが息せき切って飛び込んでくる。

ジークハルトはロイスリーネの姿を見て安堵したが、次に天井を見上げて目を剝いた。

「これは……レーヌか」

当然のことながらジークハルトはカテリナのことも彼女の素性も知っていたようだ。

「遅いですわよ、陛下。リリーナ様の小説のヒーローなら、ここは陛下が王妃様の危機にさっそうと現われて助けるべき場面でしたのに」

「あいにくと俺はリリーナの小説のヒーローじゃない」

カテリナの言動は不敬とも言えるものだったが、ジークハルトは気にしていない様子だ。

――まぁ、私の侍女兼護衛として彼女を送り込んだのは陛下だったんでしょうけど。

「陛下。王宮はどうなっていますか？」

「襲撃を受けているが、大丈夫だ。王宮付き魔法使いたちもいるし、君の提案で招待した聖女たちが、思っていた以上に善戦しているらしくて、そのうち鎮圧できるだろう。招待客も今のところ怪我をした者はいない」

「そう、よかった」

ホッと胸を撫で下ろした。だが、襲撃者を制圧すれば終わりというわけではない。

「ロイスリーネ、おそらくこれは陽動だ。襲撃が始まってすぐ、ルクリエースの監視につけていた『影』がプサイに襲われて離脱を余儀なくされた。その間に奴らは部屋を離れて今は所在不明となっている」

ロイスリーネは息を呑んだ。

「陛下、それって……」

「ああ。奴らは王宮を襲撃させて、その混乱に乗じてルベイラの霊廟へ向かったのだろう。夜の神へと通じる道の入り口を開けるために。俺は今から霊廟に向かう。ロイスリーネ、君は引き続きここに――」

「いいえ。私も行きます」

考えるまでもなく口から言葉が出ていた。

「だが……」

「私は行かなければならないんです。そんな気がするんです。私がいなければだめだって」

確信に近い思いが胸をよぎる。今まで何度も助けてもらった『勘』がそう告げている。

――私と、そして陛下が二人で行かなければだめなんだと。

ジークハルトはロイスリーネをじっと見下ろした。引くつもりはないロイスリーネも、ジークハルトを見上げる。

「『女神の御使い』も言っていたでしょう？　アベルとリリスの子孫である私たちがやら

なければならないって」

「………分かった。一緒に行こう」

ややあって、ジークハルトはため息まじりに呟いた。

「本当は安全な場所にいてほしかったんだが……」

「陛下の傍にいるのが一番安全でしょう？」

「っ……、すごい殺し文句だな」

ふいっと視線を外すジークハルトだったが、ロイスリーネはその耳がほんのり赤くなっているのを見逃さなかった。

「本当にそう思っているんですよ？」

霊廟の地下で敵に囲まれた時、うさぎの身でありながらジークハルトはロイスリーネを守って戦ってくれた。

「陛下がいてくれるから、私は大丈夫だって安心できるんです」

「だからそういうことをだなっ」

ジークハルトがやや上ずったような声で言おうとするのを遮る声があった。

「イチャイチャするのは全部終わってからにしてください、陛下、王妃様」

カテリナだった。カテリナは胡乱な目をして上を指さす。天井には未だ糸で拘束されている黒ずくめの男たちがいた。

「こいつらが上にいる場所でよくそういう雰囲気になれますよね。せめて別の場所に移動してやってください。ここは引き受けますから」

要するに行くならさっさと行けと言いたいようだ。

「そ、そうだな。早く霊廟に行かないと」

「エマ。エマはカテリナとここにいて、王妃の不在を守ってちょうだい」

霊廟にエマは連れていけないとロイスリーネは思った。あそこは夜の神に一番近い場所だ。万が一、呪いが地上で解放されることがあれば、真っ先に餌食になるのは亜人の血を引いていないエマだろう。

ルベイラの人たちは遠い祖先のどこかで亜人の血を取り入れている可能性がある。薄まった血とはいえ、多少なりとも夜の神の呪いへの耐性はあるはずだ。

「分かっています、リーネ様。私が行けばかえって足手まといになってしまうのでしょう？　ならば私はここでリーネ様の帰りをお待ちしております」

エマは感情をぐっとこらえたような表情をして、ロイスリーネを見つめた。

「必ず、必ず無事で戻ってきてください。リーネ様」

「ええ、必ず戻るわ」

「ロイスリーネ、行こう。マイク、ゲール、行くぞ」

「ほい、来た」

「了解」

ジークハルトとロイスリーネ、それにマイクとゲールは走り出した。

――ちょうどシュミーズドレスを着ていてよかった。

ジークハルトの後ろを走りながらロイスリーネはそんなことを思っていた。

ふくらはぎのところまであるドレスなので、いつものワンピース姿より動きにくいものの、走れないわけではない。それでいて一応、王妃の品位をギリギリ損ねないデザインのドレスだった。

もっとも、騒ぎは収まりつつあるとはいえ、今だに王宮内は混乱しているようで、国王と王妃が疾走していてもそれほど注目は浴びていないようだ。

本宮を抜け、霊廟のある方角へと向かう。

途中、クロイツ派の残党と出くわすこともあったが、ジークハルトとマイクとゲールがあっさり床に沈めたので、まったく脅威にはならなかった。

それでもロイスリーネの部屋に襲撃しに来た先鋭部隊と合わせると、かなりの数の敵が投入されていることは確かなようだった。

「敵も総力戦覚悟なんだろう。鍵が見つかり、夜の神の封印を解く目途がついているなら、兵力を残しておく必要もないしな」

眷属たちにとってクロイツ派は単なる目くらましと駒に過ぎない。夜の神が復活するのなら、憎むべき人間である彼らを生かしておく理由もないのだろう。

――憎しみにとらわれすぎて何も見えなくなっているのでしょうね。そんなだから夜の神がますます穢れを受けることになったというのに。

二千年経ってもまだ彼らは理解していないのだ。アベルや他の眷属たちの想いを。夜の神の苦悩を。

――そうね、『女神の御使い』。あなたの言う通りだわ。彼らの首根っこを捕まえて、教えないといけない。自分たちがやってきたことの意味を。

「霊廟が見えてきたぞ～」

マイクの声にロイスリーネは顔を上げた。木々の向こうに見え隠れしているのは、五角形の不思議な形をした霊廟の建物だ。

「戦闘が始まっているようだな」

ジークハルトの言葉通り、霊廟に近づくに従って剣戟の音や争うような音が聞こえてくるようになった。『影』とクロイツ派の先鋭部隊が戦っているのだ。

「大丈夫だ、リーネちゃん。部隊長と副部隊長たちが守っているんだ。突破されてはいないだろうさ」

　不安が顔に出ていたのか、ゲールがロイスリーネと並走しながら言う。ロイスリーネは頷いた。

「リグイラさんだもの。きっと大丈夫なはず」

　霊廟の入り口にたどり着くと、倒された黒ずくめの男たちがあちこちに転がっているのが目に入った。

「陛下！　リーネ！」

　ロイスリーネたちに気づいたリグイラがすぐさま傍に現われる。リグイラはいつものエプロン姿ではなく、『影』たちの戦闘服である灰色の装束を身にまとっていた。

「リグイラ、戦況はどうだ？」

「先鋭部隊の奴らはほぼ殲滅したよ。地下への入り口も突破されていない。無事だ」

　廟の中を確認すると、ルベイラ王の石棺もちゃんと中央に置かれていて、地下への入り口も隠されたままだった。

「もっと山ほど敵が来ると思ったんだが、拍子抜けだ」

「リグイラ、ルクリエースと従者二人、それにプサイの姿は見かけたか？　リードに傷を負わせた後、彼らは所在不明になった。てっきりこっちに来ていると思ったんだが……」

　尋ねながらジークハルトが眉を寄せる。何かがおかしいと思っているようだ。ロイスリーネも同様だった。

「いや、来ていない。だから追撃があるかと思ったんだが、今のところ新しい先鋭部隊が来る気配もない」

――もうとっくに霊廟に到着していてもおかしくないのに姿を見せていない？　じゃあ、四人はどこへ行ったの？

嫌な予感を覚えて、ロイスリーネが不安そうに廟の中に視線を巡らせた時だった。

――ぞわり。

足元から強烈な悪寒が這い上がってきた。それはジークハルトも同様だったようで、ハッとしたように足元の石畳を睨みつける。

「しまった！　これも陽動だ！　地下に急げ！　奴らはもう侵入しているぞ！」

「なんだって？　入り口は封鎖して――ああ、そうか、そういうことか！」

リグイラは仰天したものの、すぐに我に返って地下への入り口を開けるように指示した。石棺が移動され、地下へと続く階段が現われる。

「急げ！」

「キーツ、ここは頼んだよ！」

ジークハルトを先頭に、リグイラ、マイク、ゲール、それにロイスリーネの順で階段を駆け下りていく。地下の空間に駆け込もうとした彼らはハッとして立ち止まった。

「なんだこれは……⁉」

地下の薄暗い小さな部屋の中に、王太子ルクリエースと二人の従者、それに髪の毛を茶色に染めた偽聖女イレーナ、いや、プサイがいた。壁の一部が破壊されていることから、そこから地下に侵入したことは明らかだった。

そもそも廟には守りの魔法がかけられていて、容易に中に侵入できないようになっている。地下の小部屋でもそれは同じで、外からの侵入――たとえば空間移動して中に入ったりすることはできないように魔法が張り巡らされていた。

ここに入るためには石棺の下に隠された通路を通ってくるしかないのだ。

ならばどうして彼らがここに入ることができたのか。その答えが崩れた壁だ。彼らは地下の部屋の壁の外に出入りできる通路、あるいは空間を作ったのだろう。

守りの魔法はあくまで建物に対してかけられているのであって、壁の外は適用範囲ではない。ならば部屋の内部に直接入れなくても、壁のすぐ外に通路か空間を作り、そこから出入りして物理的に壁を壊せば守りの魔法を破らずとも侵入できる。

――きっとイプシロンは、その空間を作るためにここに何度も出入りしていたのだわ。あるいはデルタとラムダがいた時から壁の外の通路か空間は作られていたのかもしれない。

「あら、そのまま上にいればほんの少しだけは生き永らえたものを」

部屋の中央に立つ侍女姿のプサイが艶然と笑った。その手にあるのは拳ほどの大きさの魔石だ。

だがそれよりも、ロイスリーネたちは部屋の床で紫色に妖しく光る五芒星の魔法陣らしき紋様に気を取られていた。

「これは……！」

――なんて禍々しいの。

魔法陣自体がそうなわけではない。そこからほのかに立ち昇ってくる瘴気のようなものが吐き気を催すレベルで禍々しいのだ。

ロイスリーネにはピンときた。これは呪いだと。夜の神の呪いが魔法陣から漏れ出ているのだ。

「ふふふ。これこそ、我が君が封印された場所への入り口よ」

「この向こうに我が君は強制的に封印させられ、眠らされている。日の神の眷族神ファミリアとリリス、ルベイラ、ローレライによってね。でもそれももう終わり。私たちが我が君を解放するのだ。君たちはそれを為すすべもなく見ていたまえ」

ルクリエースは愉快そうに笑った。そこには謁見の間で見せた王子然とした様子はない。従者二人も恍惚の笑みを浮かべて床の魔法陣を見つめている。

「扉が開けばすぐにここは我が神の領域になるわ。闇が世界を覆うのよ。お前たちは我が君の闇に呑まれて消える。ふふ、この時をどれほど待ちわびていたことか」

「ロイスリーネ王妃がここにいるのは好機だな。わざわざ命を狩りに行かなくとも、リリスが不遜にも得た権能は我が神の闇に呑まれることで返還されるだろう。ようやくあるべき姿に戻るのだ」

「させるかい！」

リグイラがすぐさま攻撃しようと躍り出る。ところが、五芒星の魔法陣に弾かれてしまった。

「くそっ」

ジークハルトは先ほどから魔法陣を破るために小声で知る限りの呪文を口にしているようだ。けれど、隙一つ作ることもできないようで、苛立たしげに唇を噛みしめる。

――あ、もしかして私なら？　私の『還元』のギフトならこれを破れるんじゃ……。

けれどそう思った時には遅かった。『還元』のギフトを使う間もなく、ロイスリーネは魔法陣の中央でプサイが手にした大きな石が虹色の光を放つのを愕然として見つめた。

『女神の御使い』曰く、鍵といっても鍵の姿はしておらず、その正体は質のいい大きな魔石だという。この魔石に込められた呪文と魔力を解放することで、夜の神へと至る道が開かれるらしい。この鍵を渡さないようにするため魔石は分割され、各神殿に預けられ保管されていた。

『集められた魔石は自動的に一つに戻るわ。そして扉を開く鍵の役割を果たすことが可能となるの』

『女神の御使い』の言葉が脳裏を過る。

魔法陣を浮かび上がらせる紫色の光が強くなった。と同時に五芒星の中央に魔石から発せられた虹色の光がどんどん吸い込まれていく。

「だめっ！」

「やめろ！」

ジークハルトとロイスリーネは同時に叫んだ。

扉が開く——夜の神へと通ずる扉が。

虹色の光がすべて五芒星の中央に吸い込まれた次の瞬間——。

世界が闇に染まった。

それは霊廟だけの現象ではなく、王宮、ルベイラ国土、大陸中のさまざまな場所で起こった。

太陽が消え、夜になった。……のちに民の多くはその現象をそう表現した。

ファミリア神殿の鐘の音は止まり、恐怖に怯える声と悲鳴がそれに変わった。

……だが、世界が闇夜に閉ざされた現象は、唐突に終わった。

すぐに太陽が顔を出し、世界は元に戻る。

「そう簡単に呑まれちゃ、困るんだよね」

世界が元に戻る瞬間、そんな声を聞いた人もいたが、真偽は定かではない。

霊廟の地下でも闇夜は消え去り、元の薄暗い空間に戻っていた。

「《光よ、この手に集え》！」

リグイラによって生み出された光が地下の部屋を照らす。

すでに五芒星の魔法陣は光を失っていた。陣の中央に愕然とした表情のプサイとルクリエース、それに二人の従者が立っていた。

「なぜ……どうして、私たちは……」

扉が開いた。夜の神のところへ行けるはずだった。二千年ぶりに、かの神の元へ戻れるはずだった。

なのになぜか彼らは拒否された。扉はプサイたちには開かれなかったのだ。

一方、リグイラもプサイたちの様子を気にかける余裕はなかった。

「ちょ、二人の姿がないぞ！」

「陛下！　リーネ！　どこだい⁉」

「カイン坊や、リーネちゃん！」

世界は元に戻った。けれど、ジークハルトとロイスリーネの姿だけが忽然と消えていた。

「ここはどこかしら？」

ロイスリーネとジークハルトは暗闇の中にいた。

互いの姿は見えるものの、ほんの目と鼻の先すらも闇に閉ざされて見通すことができない。地に足がついた感触はあるものの、上も下もない闇の中で、自分が立っているのが地面であるかさえもあやふやになる。

その中で、唯一の絶対はお互いの存在だけだった。

「陛下、ここはどこなんでしょうか？　皆はどうしたんでしょう。プサイたちは？」

「……分からない。だがおそらく、ここは夜の神の封印されている空間なんだと思う。『女神の御使い』が言っていたじゃないか。リリスが夜の神を封じたのは、本来であれば古い神々が眠りにつくための次元だと」

「夜の神を憎しみから解放し、悪い夢を終わらせて正気に戻して」と言われた後に『女神の御使い』から聞かされた三つの真実のうちの一つだ。

『夜の神のいる場所は地下ではなく、実際は世界と薄皮一枚で隣り合っている別の次元なの。夜の神の呪いを完全に防ぐためには遮断した方が良かったのだけれど、そうなると権能を引き継いだ眷族神がいない今、夜の神が司っていた理すらも届かなくなるから諦めたのよ。だって夜がなくなると困るでしょう？　人が死んだあと、転生や循環もできずに使者の魂がこの世界に留まり続けたら困るでしょう？　夜の神を完全に遮断するとそういう世界になってしまうわけ。だからほんの少しの繋がりは残さないといけなかったの』

夜の神を封印した場所を王都の地下と繋げることにより、世界との繋がりを保つ。夜の神の発する呪いも世界に届いてしまうけれど、理がなくなるよりはましだとルベイラ王たちは判断したのだ。

そして繋がった次元をこじ開けるための鍵が、千年に一度採掘できるかと言われている貴重な魔石とそこに含まれているリリスの魔力だ。

「ロイスリーネ、手を繋ごう。ここで離れたら二度と会えない気がする」

「はい」

二人はしっかりと手を繋ぐと、周囲を見回した。何もない、闇だけが存在する空間だ。けれど、とある方向を見た時、なぜかロイスリーネは「こっちだ」と思った。この先に行けば夜の神のところへ行ける、と。

そしてそれはジークハルトも同じだったようだ。

「なんだろう、こっちのような気がする」

ジークハルトが指さした方角はロイスリーネが「こっちだ」と感じた方向だった。

「……私たちの中に流れるアベルとリリスの血のおかげ……かしら。行けば分かるってこのことだったのかもしれませんね」

ずいぶん適当だと思ったが、『女神の御使い』の言葉に嘘はなかったようだ。

「行こう、ロイスリーネ。どのみち、夜の神に会わなければ、たぶん俺たちは元の世界には戻れない」

「はい。皆のところに戻るためにも、行きましょう、陛下」

暗闇の中、ロイスリーネたちは手を繋いで自分たちの感覚を信じて歩き始めた。

不安はあったが、恐怖心はなかった。それはきっとジークハルトが隣にいてくれるからだろう。

「不思議だな」

ジークハルトが呟く。

「夜の神の呪いにルベイラの王族はずっと振り回されてきた。夜の神は敵とまではいかないけれど、避けることのできない厄災みたいに考えていたのに。でも、今はもう憎いとは思えないんだ。かの神の真実を聞かされたからだろうか。それとも、俺の中に流れるアベルとリリスの血が、そう思わせているのだろうか」

「……きっとそのどちらもなんだと思います。……あら？」

　急に目の前の闇の中に何かの光景が映し出された。

「これは……」

　隣でジークハルトが息を呑んだ。

　その光景の中にジークハルトそっくりの青年がいた。長い銀髪に赤い目をした、美しくて優しい男性。ロイスリーネはそれが誰なのかを知っている。

「アベルさん……」

　闇の中、映し出された情景に、ロイスリーネは胸が締めつけられるような痛みを覚えた。なぜならそれは、とっくに失われた幸せな光景だったから。

　黒い竜がいた。大きな巨体に力強い爪を持つ、けれど優しい目をした竜だった。竜はアベルと……そしてベータだろうか。猫人族の祖である男性と楽しそうに笑い合っていた。

『我が君よ。僕の一族はこの地で順調に増えてますよ。アルファが司る兎人族には負けるけど、これからどんどん増えていくと思います』

　黒い竜は目を細めて喜んだ。

『そうか、お前たちが喜ぶのを見るのが我の喜びだ。我が与えたこの地で、我が子らが末永く栄えるように祈ろう』

『ありがとうございます、我が君』

　映像が横に流れていく。次は、最初に映った光景からしばし時代を経た後の情景だった。

この頃になると眷属も増えて、かなりの大所帯になっていた。亜人たちもその数を増やしていた。二十人近くの眷属に囲まれた黒い竜は嬉しそうだ。

『皆の者、新しい眷属が誕生したぞ。獅子と人の身体を持つイプシロンだ』

黒い竜の手のひらに乗っていたのは、丸っこい獅子の耳を持った小さな男の子だ。お尻には薄茶色の長い尻尾があり、ピコピコと揺れている。

――え、ちょっとネコ耳ならぬ、ライオン耳と尻尾のある子どもとか！ えらく可愛いんですけど……！ あれがイプシロンが誕生した直後の姿なの？ なのにあんなふてぶてしい性格になるの？

映像の中でライオン耳の子どもは黒い竜の手のひらからアベルの腕の中に預けられた。

『アベル、頼んだぞ』

『はい、主よ。イプシロン、お前はきっと誇り高い強い子になるだろうね。獅子人族の祖として立派な獣人に育つんだよ。大丈夫。兄弟はたくさんいる。お前は一人じゃない』

アベルに優しい言葉をかけられたイプシロンはうとうとと彼の腕の中でまどろみを始めた。

……優しい、幸せな時間。

けれどその映像も横に流れて消えていってしまった。

――あああ、ライオン耳がぁ！

などと未練がましく後ろを振り返っていたら、不意に声が聞こえた。

「思えばあれが、主にとって一番幸せな時間だったんだろうね」

「誰だ⁉」

突然の声にギョッとして二人は足を止めた。だがロイスリーネはすぐ横から……正確に言えばジークハルトの方から声が聞こえてきたことに気づいた。

――あれ、この声って？

ジークハルトのようでいてほんの少し違う。強いて言えば、映像の中のアベルの声にそっくりだ。

恐る恐るジークハルトに視線を向けたロイスリーネの目に映ったのは、彼の頭の上にいる小さな白いうさぎだった。

「え……うさ、ぎ？」

「ん、頭？　頭の上か？」

ロイスリーネの視線で自分の頭の上に何かがいることにジークハルトも気づいたのだろう。

白いうさぎはジークハルトの頭の上から肩の上にピョンと飛び乗った。

「お、お前、いつの間に⁉　って、ロイスリーネ、君の肩にもっ」

「え？　え？」

言われてロイスリーネは肩に黒いうさぎが乗っていることにようやく気づいた。

それは全身真っ黒な毛を持つうさぎだった。

——ぜ、全然重さがなかったから分からなかった……！

白いうさぎと黒いうさぎ。

ジークハルトとロイスリーネの肩の上にそれぞれ乗っているのは、まるで対になっているようなうさぎたちだった。

「驚くことはない。僕らは過去の幻影さ。君たちの血の中に潜んでいた僕らの魂の欠片が、主の力に反応して幻となって表われているだけだ」

白いうさぎが言えば、黒いうさぎも頷いた。

「ええ。そうよ。私たちは実際にここにいるわけではないわ」

「だから重さが感じられないのね……」

ロイスリーネはジークハルトと繋いでいる方とは反対の手で肩にいるうさぎに触れようとしたが、確かにそこにいるのに手は空を切るばかりだった。

「本当に幻影なのね……」

「今さっき俺たちの血の中に潜んでいた魂って言っていたな。ということはもしかして、あなた方は……」

「そう、最初の眷属にして最初の亜人、アルファだ」

白いうさぎが言えば、黒いうさぎが名乗る。

「そして私は眷属にして眷属ではない者。夜の神の願望から生まれた人間にして、あなた方の祖であるルベイラとローレライの母、リリスよ」

「あわわわ。御先祖様ということですね！　そのうさぎの姿、最高です！」

いささか興奮してロイスリーネが言うと、ジークハルトが微妙な顔つきになった。

「うさぎならなんでもいいのか、うさぎなら……」

「ここからは僕らが道案内だ。さぁ、時間がない。主のところへ急ごう。時間が経てば経つほど君たちは現世に帰れなくなってしまう」

そう白うさぎが言えば、黒うさぎもロイスリーネたちを促した。

「ええ。主を悪い夢から救えるのは、あなたたちだけ。先を急ぎましょう」

「はい」

ロイスリーネたちは手を取り合い、肩に乗っているうさぎたちに導かれるように暗闇の中を歩き出した。

「なぜだ、どうして文献通りに鍵を開けたのに、私たちは我が君のところへ行けないの⁉」

プサイが半狂乱（はんきょうらん）になって叫ぶ。鍵を開ければ夜の神のいる場所へと繋がる門が開く。集めた文献にそう書かれていたのに、プサイたちは光を失った魔石と魔法陣の中に取り残されたままだった。

「こんなはずでは……」

ルクリエース、いや、シグマも呆然（ぼうぜん）と立（た）ち尽（つ）くしている。それはデルタとラムダも同様だった。

「答えは簡単よ。あの鍵を開けて門の中に入れるのは、アベルとリリスの魂の欠片を持つ者だけ。最初からそうだったの。夜の神の元へ行けるのは、あの二人だけ」

上から声がした。

プサイたちが弾かれたように仰（あお）ぎ見ると、三十センチほどの黒髪（くろかみ）の人形が空に浮いていた。彼らはその人形が何なのかは知らなかったが、人形がまとっている神力には覚えがあった。

「貴様、貴様は——！」

「久しぶりね、プサイ。あなたを北の山岳地帯（さんがくちたい）に封印した時以来かしら。シグマ、それにデルタとラムダもね」

「日の神の眷属神（ファミリア）！　よくも抜け抜けと！」

激昂するプサイよりほんの少しだけ冷静だったシグマは、人形が発した言葉を考えるだけの頭は持っていたようだ。

「プサイ、落ち着いて。眷族神よ、先ほどの言葉は本当か？　鍵を手に入れても我が君の元へ行けるのは、アベルとリリスの魂の欠片を持つあの二人だけだと」

「本当よ。あの時は封じるしかなかった夜の御方を真の意味で救えるのはアベルとリリスだけだったから。あの二人は彼らの生まれ変わりそのものではないけれど、もっとも魂が近い者なの。夜の御方を助けたいと思うアベルとリリスの願いから生まれた血族の象徴。あの二人のために鍵は作られたのよ」

「そんな……。ならば、我々がこの四十年間、血の滲むような思いをして鍵を集めてきたことは、何の意味もなかったと……？」

震えるような声で絞り出されたシグマの言葉に、ジェシー人形に宿った『女神の御使い』は無情にも告げる。

「意味はあったわ。あなたたちのその努力のおかげで、ジークハルトとロイスリーネが夜の御方のところに行けるのだから。ジョセフ枢機卿が教皇になるまで鍵を集めるのは難しいと思っていたから、むしろこちらの手間が省けたわ。あなたたちに感謝します」

「うわ～。ジェシーちゃんってば相変わらず容赦ないわー」

「あんなこと言われてあいつら立ち直れるのかね？　四十年間の努力が水の泡どころか、

横からかっさらわれたってことだよな、あれ」

「いや、それよりもジェシーちゃん、ジョセフ神殿長が教皇になるって言ってなかったか？」

プサイたちの会話を聞いていたマイクとゲールがこそこそと囁き合った。

リグイラたちは最初こそジークハルトとロイスリーネが行方不明になって慌てたのだが、『女神の御使い』が現われたことですっかり落ち着きを取り戻していた。

「まぁ、二人が無事ならいいさ。あっちは全然よくないだろうけどね」

「貴様！」

リグイラの言う通り、自分たちが利用されたことに気づいたプサイがすさまじい形相で空に浮いている人形を睨みつけている。けれど人形はまったく意に介さず、プサイたち四人に向けて手を振った。とたん、何もない空間から金色に光る紐状のものが現われ、プサイたちをぐるぐる巻きにした。

「その身体を傷つけることも、魂だけ逃げ出すことも許さないわ。あなたたちはそこで夜の御方の真意を、自分たちが一体何をしでかしたのかをその目でよくごらんなさい」

言うなり空中に、真っ暗闇の中を手を繋いで歩くジークハルトとロイスリーネの姿が映し出された。彼らの肩にはそれぞれ白いうさぎと黒いうさぎが乗っている。

「陛下！　リーネ！」

「カイン坊やとリーネちゃん！　よかった、無事だったんだな」

リグイラたちは二人の姿を見てホッと安堵の息をついた。

「さっきとんでもない魔力の放出があったようだが、お前ら、無事か⁉」

「陛下！　王妃様！」

ちょうどそこへクロイツ派の先鋭部隊の残党との戦闘を終えたキーツ、それに王宮内の混乱を収めて慌てて霊廟に駆けつけたライナスとカーティスが現われた。彼らは地下室の中央で拘束されているルクリエースたち四人と、地下室の入り口で空を見上げるリグイラたち、そしてその視線の先にいるジェシー人形と真っ暗闇の中を歩くジークハルトとロイスリーネの映像で、何かとんでもないことが起こっているのを悟ったようだ。

「これは一体……」

『女神の御使い』がカーティスたちを見て言った。

「ちょうどよかったわ。あなたたちはルベイラの民として、夜の神の真実と、あの二人が何を成すのか、その目で見届けなさい」

自分たちの姿がカーティスたちに見られているとは露知らず、ロイスリーネたちは導か

れるまま暗闇の中を歩いていた。

　進むごとに目の前の映像が切り替わっていく。

　ロイスリーネは見せられているものが夜の神の記憶だということに気づいた。

　眷属たちに囲まれて幸せそうに目を細める黒き竜——夜の神。

　けれど映像が進むごとに幸せな光景ではなくなっていく。

　古い神々が眠らなければならない時が来ても、夜の神は亜人たちが心配で眠ることができなかった。ほんの少しだけと言いながらずるずるとその時が来るのを先延ばしにした。

　その行為こそが亜人を破滅に導くと頭の中では分かっていても、愛しい子どもたちを置いて眠ることなどできなかったのだ。

　熊人族の祖となるカイが誕生したあたりから、亜人たちの未来に暗雲が立ち込めるようになった。上がらない出生率、次第に数を減らしていく亜人たち。繁殖力のある初期に作られた兎人族などはまだましだったが、後から生まれた眷属が司る大型獣の亜人たちの人口減少は深刻だった。

『もしや、我のせいか。我の創造神としての権能が……』

　苦悩する夜の神。

　その頃になると夜の神が亜人たちのために育んだ豊かな土地を求めて、人間たちが移り住むようになっていた。最初は共存していた彼らだったが、亜人たちは人間に迫害されて、ますますその数を減らしていく。人間に対する憎しみが眷属の中にも広がって、夜の神はそのことにも心を痛めていた。なぜなら、二つの種族が力を合わせて生きていくことが夜の神の望みだったからだ。

けれど、最後の眷属プサイが生まれる頃には、亜人に未来がないことはほぼ決定していた。二つの種族は憎しみ合い、殺し合うことで憎悪と怒りの連鎖が生まれていく。

憎悪と恨みを抱いて死んだ魂は穢れを持つため、「死と再生」を司る夜の神がその都度浄化し、転生の輪へと戻していた。しかし、種族間の争いが激化するに従い、やがて手に負えなくなり……溜まった穢れは瘴気となり、夜の神をも蝕んでいった。

そして悲劇の幕が上がる。プサイの司る豹人族の最後の一人が亡くなり、彼女の種族は全滅した。憎悪が眷属の中に広がり、夜の神も人間に対する怒りで我を忘れた。

その時に誕生したのがリリスだ。憎悪と穢れの中で夜の神が産んだ眷属は、一体どれほどおぞましい姿かと思いきや、誕生したのは獣性を持たない人間だった。

そして彼女を巡って、今まで一枚岩だった眷属たちの結束にヒビが入ることとなった。アベルに代表される容認派と、プサイを代表とするリリスを眷属とは認めない派に意見が分かれたのだ。

不思議なことに自分が誕生させたのに、夜の神にはリリスが認識できないようだった。アベルの横にいるリリスの存在に気づくことはなく、声をかけることもなければその視線を向けることもない。

結局、プサイは自分と意見を同じくする眷属を率いて離れていった。外の世界にいる人間を虐殺するために。

そして最悪の出来事が夜の神を襲った。

『邪神を倒そう。そうしなければ我々は滅んでしまう』

長く続く疫病に我慢できなくなった人間たちが、夜の神に襲いかかったのだ。

目の前の映像は人間たちが黒い竜を見つけて、これぞ邪神に堕ちた神のおぞましい姿だと叫んでいる。

『邪神よ滅びろ！』

『お前たちは我を否定するのだな！　もはや貴様らは我の子ではない——敵だ！』

自分を拒否して滅ぼしにやってきた人間に、正気を失っている夜の神は鋭い爪を向けた。

そこに割って入ったのはアベルだ。

『だめです、我が君！　あなたが人間を殺せば、ますます穢れを受けてしまう！』

他の眷属たちは人間を押しとどめるために出払っていて、この時夜の神の傍にいたのはアベルだけだった。

もし他にも眷属たちが近くにいれば悲劇は止められたのだろうか。その答えは永遠に分からない。

そして、夜の神の爪は人間ではなく、アベルを引き裂いた。

『あ、ああっ、あああ、アベル、アベル、アベル、アベル――――！』

映像の中で夜の神は慟哭し、その悲しみと怒りの中、ついに人間に手をかけた。憎しみのこもった血が夜の神に降り注ぎ、穢れた魂が瘴気となってその身を包んだ。

『あああ――――！』

夜の神は完全に我を失い、善神としての側面は失われ、荒神となってあらゆる厄災を生み出す存在へと変貌した。

もう誰にも止められなかった。

唯一止められたかもしれないアベルを、失ってしまったのだから。

ロイスリーネの目から涙が零れ落ちた。ジークハルトは辛そうに顔を背けている。

「僕に力がなかったから起きた悲劇だった。もし僕に主を守れるだけの力が、人間を押しとどめられるだけの力があれば、主もリリスも、ルベイラやローレライも、兄弟に等しい眷属たちも守れただろうに」

白いうさぎがうなだれながら言った。

「アベル……」

なぐさめるようにジークハルトが肩に手を伸ばす。実体がないから触れられないと分かっていても、そうしないわけにはいかなかったようだ。ジークハルトは手を伸ばして撫でる仕草をすると、白いうさぎは目を細めた。

「あなたの気持ちは分かります。俺も、守りたいものがあるから……」

慟哭する夜の神の映像が横に流れていく。

次に現われた映像に映っているのは、リリスと成人したルベイラとローレライの姿だった。ルベイラは銀髪と青灰色の目を持つ青年だ。その顔だちはジークハルトとてもよく似ていて、血の繋がりを如実に表わしていた。

一方、ローレライもリリスとよく似ていた。まっすぐな黒い髪は母親譲りだろうか。目はルベイラと同じく青灰色だったが、顔だちはロイスリーネそっくりだった。

「これがきっと最後の記憶よ。私たちが封印した夜の神を眠らせるところね」

黒いうさぎの言う通り、リリスたちが進んでいるのは今ロイスリーネたちが歩いている道だ。

ファミリアをはじめとする新しい神々の力を借りて、黒い竜こと夜の神を押し込めた空間にたどり着いたリリスたちは、動きを封じられてもなお呪詛を垂れ流す夜の神に言った。

『これからあなたを封印して眠らせます』

夜の神が顔を上げて、その目がリリスたちを認める。

……この時、初めて夜の神はリリスを認識した。その瞳にリリスを映して――血走っていた目に理解の色が浮かんだ。

『そなた、そなたは……』

『はい、私はあなたです。あなたの願望が創り出した女(リリス)。今はまだあなたの中に戻ることはできないけれど、必ず私はここに来るでしょう。いつかあなたの心が癒(いや)されるまで、しばしの眠りをあなたに。それが私たち親子の贖罪(しょくざい)です』

そう言ってリリスは手を差し出し、己(おのれ)の中にあった『破壊と創造』の権能を解放した。

『さようなら、お母様』

『どうか良き夢を。私たちの子孫がやがてやってくる、その時まで』

リリスの子どもたちが夜の神にささやく。

初めて聞く、けれど不思議と愛しさを覚える声を耳にしながら、夜の神は目を閉じた。

映像が流れていく。

黒いうさぎが言った。

「『破壊と創造』の権能を解放した私は、後のことを子どもたちに託(たく)して消滅(しょうめつ)した。そして血の中に潜んで、代を重ねながらずっと待っていたの。あなたたちが生まれてくるのを。アベルの特性を持って生まれたルベイラの子孫と、私の権能を受け継いだローレライの子孫を。さぁ、行きましょう。そして夜の神の苦しみを今こそ終わらせましょう」

視界がぱぁっと開けた。

夜の神が封印された空間にたどり着いたのだ。

「……これは……」

眼下に、大きな竜の姿があった。黒い鱗を持つ、おとぎ話の中にしかいなかったはずの竜が、そこに存在していた。

不思議なことに、ロイスリーネたちは竜を見上げるのではなく、見下ろすような位置にいた。地面を踏みしめている感覚があるだけに、眼下に巨大な竜の身体があるという状況は、妙な感覚だった。

だが、そんな不思議な感覚も戸惑いも、竜の姿をちゃんと確認するまでのことだった。

「なんてことだ……」

隣でジークハルトが息を呑んだ。ロイスリーネも同じように息を呑み、そして――。

「ああ、そんな、そんなことって……！　『女神の御使い』の言っていたことは本当だったのね！」

ロイスリーネの目から涙がポロポロと零れ落ちていった。

　ジークハルトたちが見ているものを、カーティスをはじめ地下にいる全員が目にしていた。もちろん、プサイたちもだ。

「これは……これは何だ、これは何だ、これは何だ——!!」

　プサイの口から叫びでもなく呻きでもなく、まさしく咆哮と呼ばれるような声が迸る。

「なぜ、どうして我が君がこのような姿に……」

　シグマが見上げたまま呆然と呟いた。デルタとラムダもショックのあまり声も出ないようだ。

　それほど悲惨な姿だったのだ。

　竜の身体からは黒い靄のようなものが立ち昇っている。けれど大半の靄はその場に漂い、竜の身体を腐食させていた。

「あの黒い靄は瘴気よ」

『女神の御使い』は言った。

「夜の神の身体から離れた一部の瘴気が、繋いだ空間を通して呪いとなって王都に流れ込んでいるの。まぁ、その大半はルベイラ国王と王太子が引き受けて昇華させているのだけれど。残りはああして夜の神の元へ留まり、黒い竜の身体を蝕んでいるのよ」

　黒い竜は夜の神で、創造神だ。その身は本人の意思に関係なくすぐさま再生される。けれど再生した傍から瘴気が鱗を腐食させ……その繰り返しだ。

終わることのない再生と破壊の繰り返しに、黒い竜の身体はもうボロボロだった。かつては輝いていた鱗は色と艶を失い、ところどころ剝げかけている。翼はいくつもの穴が開き、再生が間に合っていない様子を窺わせていた。

「なぜ、どうして我が君の身体を瘴気が傷つけているのよ！」

プサイはわけが分からなかった。瘴気も元は夜の神に属するものだ。負の感情から生まれただけに精神に影響を及ぼすことはあっても、創造神たる夜の神を傷つけるはずのものではない。

「分からない？　そうね、あなたたちには理解できないでしょうね。確かに夜の御方は亜人を愛するあまり人間を憎んだわ。でもね、本当は違うの。夜の御方が本当に憎んでいたのは、呪っていたのは、人間ではなく自分自身よ」

「なん、だと？　我が君が自分自身を呪っているだと⁉」

信じられないとばかりにプサイは『女神の御使い』を睨みつけた。『女神の御使い』はそんな彼らを憐れんでいるのか怒っているのか。人形の顔からはその心理は窺えない。

「そうよ。夜の御方は分かっていたのよ。亜人が滅びたのは人間だけのせいではなく、自分のせいでもあることを」

夜の神の創造神としての権能は『破壊と創造』だ。彼らは世界を破壊して、その上に新しい世界を築いていく。そして創造が終われば眠りにつく。世界の天秤を破壊の方に傾けないようにするためだ。

「でも夜の御方はあなたたち眷属や亜人の行く末が心配で、眠りにつくことを拒否してしまった。せっせと眷属たちを『創造』することでなんとか天秤を水平に保とうとしていたけれど、世界の創造は一度終えてしまったのですもの。どうしたって天秤は破壊へと傾くわ。その影響をもろに受けてしまったのが亜人よ」

確かに亜人が滅びたのは人間のせいかもしれない。けれど、それは一因でしかなく、もともと亜人は滅びの道を歩んでいたのだ。夜の神の持つ破壊の性質のせいで。

「そのことを夜の御方は嘆いていたし、罪悪感も抱いていたわ。自分が早く眠ってしまえば亜人はもっと生き永らえたのではないかと。あなた方の目には人間を憎んでいるように見えたかもしれない。けれど本当に怒りを覚えていたのは、愛する亜人たちを苦しめている原因である自分自身だったの。だからああして自分を呪っているのよ。二千年前からじゃないわ、それよりもずっと前からよ」

神話では眠りながら人間への怨嗟の声を上げているという夜の神。それはある意味本当だったけれど、真実はもっと哀しいものだった。

「アベルが亡くなり、完全に正気を失ってからは人間を憎み、ああして自分自身を呪い続けている。そこから解放してあげたくてリリスたちと協力して眠らせたのに。自分には良い夢を見る資格がないと思っているのね」

『女神の御使い』はそこまで言うと、プサイたちに向けてほんの少し怒りのこもった口調で告げた。

「私、そのことについてはあなた方に腹を立てているのよ。亜人と人間の争いだけなら、亜人が滅びたとしても瘴気はいずれ消え去って夜の御方は正気に戻っていたでしょう。でも、プサイ、あなたたちが滅びを受け入れずに『夜の神のために』人間を殺戮して回ったから、瘴気は収まらず人々の恨みや怒りは夜の神に向かい、ますます穢れてしまった。あなた方が悲劇の連鎖を作ったのよ」

プサイは愕然とした。プサイだけではない。シグマもデルタもラムダもだ。

「そんな、私は、私たちは、我が君のために……」

「全然ためになっていなかったの。あれほどアベルが『人間を憎んではいけない。それは主のためにはならない』と諫めたのに」

「それは……」

覚えがあるのだろう。プサイもシグマたちも一斉にうなだれてしまった。

「あなたたちは、夜の御方が亜人と同じくらい人間を愛していたことを、まったく理解しなかったわね。リリスが夜の神自身だったこと、全然気づいていなかったでしょう？」

弾かれたようにプサイが顔を上げた。

「なんですって、リリスが我が君自身だったと？」

「そうよ。リリスは『人間になりたい。彼らのように家族というものを作って暮らしたい』という願望から生まれたもう一人の夜の神よ。もっともリリス自身、『破壊と創造』を解放するまで気づいていなかったようだけど、おそらくアベルは気づいていたと思うわ」

「嘘よ、あれはただの人間だ！」

叫ぶプサイの声は、けれど震えていた。

「あら、心当たりはあるでしょう？　夜の神が封印されるその時までリリスを認識できなかったこと。自分自身だから見えなかったのよね、あれ。そしてプサイ、あなたはリリスを殺そうとしたけど、殺せなかったでしょう？　夜の御方に牙を剝こうとしているような気がして、傷一つつけられなかった。違うかしら？」

「っ……」

覚えがあるのだろう、ぐっとプサイは押し黙って悔しそうな表情を浮かべた。

「夜の御方が瘴気に侵され、人間への怒りのあまりに我を失った瞬間、心の中に隠していた願望が『創造』の権能を動かしたのよ。そして生まれたのが人間。人への愛を現わすように眷属や亜人ではなく人間として誕生させた、もう一人の自分。だからこそ、リリスは『破壊と創造』の権能を持っていたの。夜の御方自身だったから」

「そんな、そんなことって……」

プサイは立っていられなくなったのか、その場で地面に座り込んでしまった。

「……私たちは一体、何のために……」

「憎しみにとらわれているから何も見えなくなっていたのよ。そんなあなた方では夜の御方は救えない。あの方の心を救うのはあなたではないわ。人間であり亜人の血を引いているあの二人だからこそ救えるの。あなたはそこで大人しく見ていらっしゃい。あの二人が夜の御方の心に添う瞬間を」

そう言って『女神の御使い』はロイスリーネとジークハルトの映像を見上げた。それにつられ、カーティスやリグイラたちも息を潜めて二人を見つめた。

「……夜の神が呪っているのは己自身。『女神の御使い』の言っていたことは本当だったんだな」

痛々しい視線を下に向けてジークハルトが呟く。

『女神の御使い』が教えてくれた二つ目の真実とは、夜の神の憎しみは自分自身に向けられているということ。

そして三つ目の真実が、リリスは夜の神自身であり、人間への愛や憧れといった部分を集めて作られた存在ということだった。

夜の神は人間が好きだった。……それをロイスリーネはようやく実感したのだ。

「陛下。夜の神を助けましょう。私、今ならそのやり方が分かる気がするんです。リリスさんも手助けしてくれると思います」

ジークハルトはロイスリーネの手をぎゅっと握ると頷いた。

「ああ。あんなふうに自分を責めることはないと伝えてあげよう。だって、俺たちは夜の神の、人間や亜人への愛から生まれた存在だからな」

「はい。アベルさん、リリスさん、力を貸してください」

――『還元』のギフト……いいえ、『破壊と創造』の権能の使い方なんて私には分からない。けれど、祈ることはできる。そして祈りが力になることも、リリスさんを通して知っている。

ロイスリーネはジークハルトと手を繋いだまま、もう片方の手を胸に当て、目を閉じて祈った。

――お願い、夜の神に幸福な夢を取り戻してあげたいの。

眷属たちに囲まれて目を細めて笑っていたあの幸せな瞬間を、もう一度見せてあげたい。

――世界よ、私の声が聞こえるなら、手を貸して――！

胸の奥が温かくなる。祈りが力に変わり、『破壊と創造』の権能が発現する――。

次の瞬間、ロイスリーネとジークハルトの身体から強烈な光が広がり、闇の中で黒い靄に身体を蝕まれている黒き竜を照らした。

するとどうだろう。たちまち黒い靄はジュッと音を立てて消滅していく。天に昇ろうとしていた瘴気も、たちまち浄化され、消えていった。

『やった！』『リーネちゃん、さっすが！』『お見事です』

なぜかそんな声とともに拍手喝采がどこかで聞こえた気がしたが、きっと気のせいだろう。

ロイスリーネは目を開ける。けれど、瞼を開けた時、ロイスリーネはロイスリーネでありながら、少し異なっていた。

隣に立つジークハルトも今は腰近くまである長い銀髪をなびかせている。その目は青灰色ではなく、赤かった。

いつの間にか、白いうさぎと黒いうさぎは姿を消していた。いや、違う、ジークハルトとロイスリーネの中に在って同調しているのだ。

ここにいるロイスリーネはロイスリーネではなく、リリスでもあった。

ジークハルトもジークハルトではなく、アベルでもあった。

「我が君。あの言葉を今一度あなたに贈りましょう。もう、悲しまないでください。あなたを慕う者はたくさんおります。一人で悲しまないでください。背負い込まないでください」

　ジークハルトが言うと、黒い竜の目がゆっくりと開いた。

　黒い竜の目はいつかのようにもう血走ってはいなかった。理知的な光を宿し、けれど、少し悲しそうに揺れている。

【我は罪を犯した。我のせいで我の大事な子らが死んだ。滅びてしまった。失われてしまった。人間を傷つけてしまった。魂を穢してしまった。……ああ、そのどれもが我の罪だ】

「いいえ、私であるあなた。あなただけのせいではありません」

　ロイスリーネは知らず知らずのうちに言葉を発していた。

「誰か一人悪いわけでもなく、誰もが少しずつ罪を犯したのです。亜人を迫害した人間たち。人間たちを殺して憎しみの連鎖を生み出していったプサイたち。見守るだけで積極的に動かなかった眷属たち。純血を理由に多種族との交わりを拒み、滅んでしまった亜人たち。忙しいことを理由に地上で起こっていることにずっと気づかなかった眷族神たち。人間を呪ったあなた。あなたの苦しみに気づいていながら、目を背けて自分の幸福を優先した私。誰もが悪くて、そして、きっと誰もが悪くなかったのです」

【だが、亜人たちが滅びたのは我のせいだ。我が眠らなかったから子らが生まれなくなった。我がいたから滅びが訪れてしまった。もう、我が子らが生きた証すらもない。すべて

がなくなってしまった。我のせいで】

「いいえ、我が君、何もなくしていません。確かに亜人は滅びてしまいましたが、彼らが生きた証すべてが消えたわけではないんですよ」

そう言ってジークハルト（アベル）は両手を広げた。

「僕（ジークハルト）を見てください。彼女（ロイスリーネ）を見てください。我が君なら分かるでしょう？　この身体には僕の種族である兎人族だけではなく、さまざまな亜人たちの血が混じっているのです」

黒い竜の目がじっとジークハルト（アベル）を見上げる。するとそこに何かを見いだしたのか、黒い竜の瞳孔（どうこう）がきゅっと縦に細まった。

【ああ、感じる……。我が子らの血を、遺伝子を】

「ルベイラの子どもたちだけではありません。人間と交わり子をなした亜人の血は薄いですが、まだ人の中に残っています。すべてが失われたわけじゃない。僕も我が君のおかげでこうして血を残していけている。我が君がリリスとしてルベイラたちを産んでくれたおかげです」

「私であるあなた。思いは受け継がれていくのです。それに、全部失ったわけではありません。あなたは自分を呪うのに必死だったのでしょうけど、二千年にもわたってずっとあなたの心配をして傍にいた彼らの想（おも）いを無駄（むだ）にしないでください」

ロイスリーネ（リリス）が言うなり、黒い竜の傍に小さな丸い光が次々と現われる。よくよく見ればそれは、目を閉じて丸くなっている夜の神の眷属たちだった。

【おお、おお、そなたたち！】

歓喜に満ちた声が黒い竜の口から零れ落ちた。

「彼らはあなたを封印する時に、一緒に眠りにつくことを選択した眷属たちです。傍にいたかったみたいですが、瘴気のせいでなかなか近づくことができず、ずっと遠巻きに見守ってくれていたんですよ」

「我が君、これからも僕らはあなたのお傍におります。もう一人ではありません」

【ああ、ああ、そうだな。アベルよ。リリスよ。我は一人ではないのだ。そなたが来てくれた時から我は一人ぼっちではなかった。なぜそれを忘れてしまっていたのだろうな、我は】

「皆おりますよ、我が君」

遅れて四つの小さな光が現われる。それからまた遅れてもう一つ小さな光が現われて、嬉しそうに黒い竜にまとわりついた。だが五つの光は少し遠慮がちだ。

【おお、プサイ、シグマ、デルタ、ラムダ。それにイプシロンも。お前たちにも心配をかけたな。もう大丈夫だ。これからはいつも一緒だ】

——ああ、そうか。あれらの光は地上に残っていたプサイたちだわ。それに再び封じられたはずのイプシロンまでいる。……きっと『女神の御使い』がここまで送り出してくれたのね。

ロイスリーネである部分がそんなことを思った次の瞬間、ロイスリーネはロイスリーネに戻っていた。ジークハルトも長髪ではなく、いつもの髪型に戻っている。

「……アベルさん、リリスさん？」

白いうさぎと黒いうさぎが、ロイスリーネの前にふわりと浮いていた。

「ありがとう、ジークハルト、ロイスリーネ。君たちのおかげで我が君も悪い夢から覚めることができた」

黒い竜に視線を向けると、すでに再生を終えたのか、鱗は元に戻り、翼の穴も塞がっている。それだけではない、全身が艶々と輝いていた。

「もう、大丈夫ですよね？」

「ええ。夜の神はもう自分を呪ってはいないわ。人間を憎んでもいない。……いえ、本当は心から人間を憎んだことはないのよ。だって人間も私にとっては我が子ですもの」

「リリスさん……」

「さぁ、君たちの仲間が心配している。そろそろ戻りなさい」

「ええ、ファミリア……ではなくて『女神の御使い』があなたたちを導いてくれるわ」

「アベル、リリス……ありがとう。あなたたちがいなければ、僕らにはどうすることもで

きなかった」

ジークハルトが手を伸ばして白いうさぎを撫でる仕草をした。ロイスリーネも負けじと黒いうさぎに手を伸ばし、撫でる。もちろん、感触はないけれど、ほんのり手のひらに温かさを感じたような気がした。

「魂の一部はここに残していくけど、僕らは常に君たちと共にある」

「だって二人は私たちの子孫ですもの。またいつか会いましょう」

二匹はそう言って小さな光になると、黒い竜の元へ飛んで行った。竜の鼻先あたりに止まったのはアベルだろうか。もう一つの光の方はまっすぐ竜の胸に飛び込んでいって、そのまま消えた。こちらはリリスだろう。

もっとよく眷属たちを見てみたかったが、それは叶わなかった。ロイスリーネたちの身体が急に上昇を始めたからだ。

「ロイスリーネ！」

「陛下！」

慌てて二人は離れないように抱き合う。

――ちょっと、行きより帰りの方が雑ってどうなの!?　もっと丁寧に扱ってほしいのに。絶対『女神の御使い』の仕業ね。

ぐんぐん上昇していく中、黒い竜がこちらを見上げているのが分かった。

【ジークハルト、ロイスリーネ。『破壊と創造』の権能を狙う者がまだいるぞ。気をつけよ】

「え⁉」

問い返す暇もなくロイスリーネたちの身体は闇に包まれた――次の瞬間、二人の身体は霊廟の地下に戻っていた。

固く抱き合う二人に一斉に声がかかる。

「陛下！　王妃様！」

「おお、カイン坊や、リーネちゃん！　おかえり！」

「見てましたよ、お疲れ様でした。お二人とも」

「皆……」

どうやら説明する必要もなく皆にはロイスリーネたちが何を成し遂げたのか分かっているらしかった。おそらくは『女神の御使い』のおかげだろう。

――最後に夜の神が気になることを言っていたような気がしたけど……。

でも今は無事に戻ってきたことを喜ぼう。

悪い夢は終わった。自分を呪い続けた黒き竜は、きっとこれからは幸せな夢を見続けることができるだろう。

そう、終わったのだ。危機も去った。自身の愛した眷属たちと共に。

じわじわと実感がわいてくる。

──ああ、戻ってこられて本当によかった。

ジークハルトとロイスリーネは顔を見合わせると、笑顔(えがお)になって言った。

「ただいま、皆！」

エピローグ　お飾り王妃は増えたモフモフに狂喜する

事件は解決した。夜の神の眷属に身体を乗っ取られていたルクリエース王太子たちも無傷だった。だが、その後始末が、かなり大変だった。

何しろ、ルクリエースたちはこの半年間のことを何も覚えていないのだ。自分が前教皇の側近によって暗殺されそうになったことも、『政教分離』を唱えていたことも記憶になかった。

そのことに加えて、気づいたらルベイラという遠い国に来ていたのだから、説明するのも一苦労だった。

ただし、偽聖女イレーナは別だ。彼女はトカラの実ではなく洗脳魔法によって前後不覚状態にされてプサイに乗っ取られていた。そのため、大神殿への護送中だったことまではしっかり覚えており、しかもロイスリーネとジークハルトの顔を見るなり逃げ出そうとしたのでライナスに捕えられた。

今は魅了術を使えないように魔法封じの腕輪を着けられ、牢屋に入れられている。

近々大神殿からディーザが迎えに来ることになっているので、ようやく偽聖女事件の決着がつくようだ。

ちなみに『女神の御使い』はロイスリーネたちが夜の神のいるところから戻ったのと入れ替わるようにジェシー人形の中から抜けてしまったようで、お礼を言う機会もなかった。

――ルクリエース殿下たちから眷属の魂を抜いて夜の神の元まで送ってくれたのも、きっと『女神の御使い』よね。私たちを戻してくれたのも。

聞きたいことや知りたいことがまだまだたくさんあったのだが、またいつか会える機会はあるのだろうか。

――夜の神が去り際に残した警告についても聞きたかったのに……。

『女神の御使い』のこと以外にも後始末や話し合い、それにすり合わせなどがあり、すべてを終えてロイスリーネが自室に戻ってきたのは、日が落ちてからだった。

「ただいま～」

「お帰りなさい、リーネ様」

「お帰りなさいませ、王妃様」

部屋にはエマとカテリナ、それに賓客を迎えるために貸し出していたはずの侍女が数人戻ってきていた。なんでも担当の招待客が来られるかどうか未定になったため、一度予定が白紙に戻ったようだ。

――ああ、そうよね。こんな大騒動が起きてしまったんだもの。取りやめる招待客も出てくるわよね。

軍が守ってくれたおかげで招待客に怪我はなく、クロイツ派と交戦した兵士も重傷者は出たものの、亡くなった人はいなかった。これについては御の字だが、賓客がいるのに侵入を許してしまったのは問題だ。

――国際問題にならないといいんだけど。

もっとも、招待客たちに説明して回ったカーティスやジークハルトが言うには、腹を立てるどころか相手がクロイツ派だったことから興味津々な招待客が多かったようだが。

帰国したいと言ってくる招待客が今のところいないのが幸いだ。

「はぁ……」

ついついため息が零れてしまい、ロイスリーネは慌てて口元を押さえた。めざとく気づいたエマは、着替えを出しながら提案する。

「食事までまだ時間がありますから、しばらくの間寝室でお休みになられてはいかがですか？　騒ぎの後ですから、夜の公務は中止になりそうですし」

「そうね」

公務というか、今晩は招待客の夫人たちを招いて夕食後に音楽鑑賞会をする予定だったのだが、案の定女官長から連絡が来て、その予定は中止になることが伝えられた。

「やっぱりしばらく休むわね」

人払いがされ、夜着に着替えてベッドに座ってぼんやり姿見を眺めていると、エマが天蓋のカーテンを下ろしながら尋ねてきた。

「それで、リーネ様は何を落ち込んでいらっしゃるのです？」

さすがエマである。ロイスリーネがなんとか表に出さないようにしていた落胆をすぐさま感じ取ったらしい。

「落ち込んでいるというか……その、陛下の呪いが解けたらしいのよね」

『そういえば、ジーク。呪いが解けたんだって？　よかったな。これで夜も王妃様とイチャイチャできるじゃないか』

報告会議中に、エイベルがジークハルトに無神経にも言い放った言葉を聞いて、ロイスリーネははたと気づいたのである。

――待って。陛下の呪いが解けたということは、うーちゃんともう二度と会えないってこと⁉

正直に言えば、今日一番のショックな出来事はこのことだった。

――そりゃあ、夜の神の呪いを解いたことに後悔はないわ。だって、あのままだったら夜の神はずっと自分を責め続けていたもの。だから後悔はしていない。していないけど……。

こんなに突然お別れしなければならないなんて夢にも思わなかったのだ。

「呪いが解けたのは嬉しいけど……。モフモフ……モフモフが足りない……」

——ああ、こんなことなら、昨日の夜もっとうーちゃんをモフって抱きしめて匂いを嗅いで吸えばよかった！　ああああああ！

ロイスリーネは深刻なうさぎロスに陥っていた。

「ああ、陛下の呪いが解けたんですよね。聞いてもいないのにエイベルさんが教えてくださいました」

エマは忌々しそうに言った後、ロイスリーネを気遣うように見つめた。

「陛下の呪いが解けたということは、もううさぎさんはいらっしゃらないのですね。リーネ様、残念でしたね」

「…………は？」

ロイスリーネはエマには何も言っていない。うさぎ＝ジークハルトではないかと疑っていた時も、真相が分かった時も内緒にしていた。自分のことなら構わないが、ジークハルトに関しては極秘情報のため、いくら信頼できるエマとはいえ、軽々しく伝えるべきではないと思ったからだ。

——でも今、エマは……。

恐る恐るロイスリーネは尋ねた。

「あの、エマは知っていたの？　うーちゃんの正体について」

「はい」

エマはあっさり頷いた。

「え、いつ⁉」

「リーネ様より前だと思います。リーネ様はうさぎに関しては目が曇っていますから気づかなかったようですが、あれだけ賢いうさぎが本当にいると思いますか？　ルベイラ王家には亜人の血が入っているという事実と、呪いのことを鑑みれば正体はおのずと分かりました。でも、あまりにリーネ様がうさぎを溺愛しているので、言い出せなかったんですよね」

「はうあっ！」

――ということは、私だけ気づいていなかったということなのね！

ショックである。ロイスリーネは思わずベッドの上に顔を突っ伏した。

「うーちゃんロスの上にこのショック。どうしよう、立ち直れないわ」

「大げさですね。……まぁ、うさぎのことは残念でしたね。ですが、こればかりはもうどうしようもないと思います。陛下に呪われたままでいろと言うわけにはいかないですし」

「……っ、そ、そうよね」

実際ここに、「呪われたままでいてほしい」などと思っていた女がいるのだが、それは言わぬが花であろう。

「ああうーちゃーん！　モフりたい！　うーちゃんを吸いたい！」

嘆いていると、ためらいがちなノックが響き、侍女が顔を出した。

「あの、王妃様。陛下がいらしております」

「え？　陛下が？　すぐに行くわ！」

ロイスリーネはガバッとベッドから起き出した。すかさずエマがストールを取り出して肩に羽織らせる。

――一体、どうしたのかしら。もしかしたら何か問題でも？

夜着のままだが、構わずロイスリーネは居間に向かった。

「ロイスリーネ、休んでいたところすまない」

おそらく招待客――それも身分の高い賓客と会っていたのだろう。いつもの軍服でも軽装でもなくジークハルトは盛装をしていた。

「いえ、大丈夫です。それより陛下、どうしたんですか。何か問題でもありました？」

「いや、問題はない。これから大神殿にいる教皇と、魔法通信で会談を行う予定なんだが、少し時間が空いたから顔を見に来た。さっきの会合の時、あまり元気がなかったようだから……」

「す、すみません、ご心配おかけして。色々あったけれど解決できて、気が抜けていただけなんです」

まさかジークハルトがうさぎになれなくなったから嘆いていたとは、口が裂けても言えないロイスリーネである。

「そうか、それならよかった」

ジークハルトは安堵の息を吐き、それから少しだけ意を決したような表情になると、屈んでロイスリーネの耳に口元を寄せた。

「……ロイスリーネ、その、今夜君の部屋に行くから……待っていてほしい」

囁かれた言葉にロイスリーネは目を見開いた。

──そ、そ、それって……！

心臓の音がドクンッと大きく鳴り、その次はドキドキと早打ちを始める。

よくよく見てみれば、表情はいつものように変わらないものの、ジークハルトの耳は真っ赤になっていた。

──き、気のせいじゃないわ。はぅあぁ……！

状況を理解していくにつれロイスリーネの頬も朱に染まっていく。

「ロイスリーネ、返事は？」

「は、はいっ、お待ちしておりますっ」

上ずった声で答えながら、ロイスリーネはコクコクと何度も頷いた。

ロイスリーネの返事を聞いてジークハルトは少し安堵したように口元を緩めると、顔を上げる。

「そ、それじゃ、仕事に行ってくる。また後で」

「はいっ、お仕事頑張ってください」

気のせいかジークハルトは少しギクシャクと足を運びながらロイスリーネの部屋から出ていった。

扉が閉まり、コツコツと足音が遠ざかっていく。それが完全に消えたとたん、二人のやり取りを息を呑んで見守っていた侍女たちから黄色い歓声が上がった。

「きゃああ！　いよいよですのね！」

「ようやくですのね、陛下！」

ジークハルトは耳元で言ったのだが、あいにくと彼がロイスリーネに告げた言葉は耳を澄ましていた侍女たちには丸聞こえだったのだ。

「こうしちゃいられないですわ！　侍女長に相談に行かないと！」

「そうだわ、王妃様の夜着！　もう少し色っぽいものを用意しなければ！」

「ちょっとお待ちくださいませ、王妃様。私たちが万事抜かりなく準備しますからね」

「そうです、そうですとも。侍女長様が密かに用意していた悩殺下着の中から、初夜に相応しいものを選ばなければ。カテリナ、一緒に来て。あなたなら、王妃様の寸法に合うようにささっと手直しできるでしょう？」

「え？　あ、はい、できると思います」

「さて、準備に入らなければ！」

まるでお祭り騒ぎである。だがそれも無理からぬことであった。結婚して一年も経つのに白い結婚では、臣下たちは困るのである。大国ルベイラの次期国王が誕生することを彼女たちは切に願っているのだから。

ロイスリーネをよそに盛り上がった侍女たちは、鼻息も荒く準備に取りかかった。

「あ、あの……」

「王妃様、王妃様はどうかお休みになって今夜のために英気を養ってくださいませ。エマさん、王妃様のこと、よろしく頼みましたよ」

「え、ちょっ」

侍女たちはそう言うと、ロイスリーネをぐいぐい寝室に押しやり、いそいそと部屋を出ていった。残ったのはエマとロイスリーネだけである。

「あらまぁ、皆さん、リーネ様そっちのけで大騒ぎですね」

エマが苦笑する。ロイスリーネも困ったように笑いながらベッドに向かった。ドキドキして眠れそうにないが、あのまま部屋にいると「悩殺下着」とやらの品評会が始まる予感がしたのだ。

――ああ、恥ずかしい。

けれど、ジークハルトの意味深な発言のおかげでうさぎに会えなくなった寂しさが少しは紛れたような気がした。

――そうよね。うーちゃんは陛下なんだもの。陛下がいればうさぎは……うさぎは……やっぱり必要だわ！

もうこうなったら新しいうさぎを飼うしかないと思いながらロイスリーネは天蓋のカーテンを開けた――ところで手が止まった。

なぜなら、ベッドの上に黒っぽい物体がいたからである。

「…………え？　え？」

よくよく見てみるとそれは黒いうさぎだった。ベッドの上にびにょーんと腹ばいになってくつろいでいる。

「……エマ、うさぎがいるわ」

ロイスリーネは何度も瞬きをする。それでもうさぎはそこにいた。

「とうとう、幻でも見たのですか、リーネ様？」

そう言いながらカーテンの内側を覗いたエマは目を丸くした。

「……うさぎですね。ええ、私にも見えます」

――というか、この黒うさぎ、リリスさん？　リリスさんよね？

「あの、リリスさん、どうしたんですか？　確か夜の神のところへ戻ったはずでは……」

　呼びかけたがうさぎは耳はピコピコさせるものの、ロイスリーネの言葉には何の返事もよこさず、ただくつろぐばかりだ。

「あの………どうしようかしら、エマ」

「ワケアリのうさぎですね？　それならとりあえず……飼ってみるのもいいかもしれないですね。うさぎロスだったので、ちょうどいいじゃないですか」

「そ、そうかしら」

　新しいうさぎを飼う。その響きにロイスリーネは胸をキュンと高鳴らせた。不思議と突然やってきた不審な黒うさぎを飼うことに躊躇はなかった。

　――私の勘だけど、大丈夫な気がするのよね。だってリリスさんだし……。

「ならば今日から好きなだけここにいるといいわ、くろちゃん」

「……それがこのうさぎの名前ですか。相変わらずのセンスですね、リーネ様」

　エマは呆れたが、ロイスリーネはこのうさぎを「くろちゃん」と呼ぶことにした。もちろん名前の由来は黒うさぎだからである。

　ロイスリーネは手を伸ばしてうさぎを撫でた。夜の神の眠る場所では黒うさぎは幻に過ぎなかったけれど、このうさぎには実体がある。

　滑らかな毛の感触にロイスリーネは恍惚となった。

「これからもよろしくね、くろちゃん」

その夜、ロイスリーネは侍女たちに磨き上げられ、飾りつけられ、面積が非常に少ない「悩殺下着」を着けさせられ、準備万端で待っていた。

——いよいよお飾り王妃も返上かしら。

ロイスリーネに否やはない。もともとジークハルトと夫婦になるためにロウワンから嫁いできたのだ。色々あって白い結婚だったが、自分から望んでそうなったわけではないのだ。

——はぁ、ドキドキするわ。一年遅れの初夜ですもの。……恥ずかしいけれど、うん、陛下と本当の夫婦になれるのなら嬉しいわ。

ロイスリーネは不安半分、期待半分で待った。

ところがである。ロイスリーネの部屋にやってきたのは、とても残念そうな表情をした女官長だった。

「申し訳ありません、王妃様。陛下は仕事が立て込んで今夜はこちらに来られないそうです。……はぁ……どうしてこんなことに……」

——あれぇぇ？　このパターン、もしかして？

思わずロイスリーネはエマと顔を見合わせた。

心穏やかではなかったのは侍女たちだ。

「もうっ、せっかく準備したのに！」

「陛下の小心者め！」

「やっぱり拘束服を作りましょう。そうしましょう」

「ああ、もうやるせないったら！」

侍女たちは散々文句を言っていたが、来ないものは仕方ない。ロイスリーネは気が抜けたように笑いながら、いつもの夜着を用意するように指示した。

──残念だけど、少しホッとしたような……。

寝室に戻ると、ベッドの上で黒うさぎが寝そべっていた。ジークハルトと違い、黒うさぎはどうも運動が好きではないらしく、ずっとベッドでゴロゴロしている。

──まるでお年寄りみたいね。いえ、リリスさんはだいぶ私より年上だけども。

大人しいものだから撫で放題なのだが、やはり何か物足りない。

──やっぱりうーちゃんが一番よね。うーちゃん、私、期待していいのかしら？

ベッドの縁に腰を掛けていつものように待っていると、しばらくして姿見がカタンと小さな音を立てて開いた。

隙間から現われたのは青灰色のうさぎだ。心なしか肩を落としてショボンとしながら部屋に入ってくる。

その哀愁に満ちた姿に、ロイスリーネの胸がキュウウンと鳴った。

どうやら、何かわけがあって、呪いが解けたのにうさぎになってしまったらしい。

——もしかしてくろちゃんかな、原因は。

それしか思い当たらないのだが、確信はない。確信はないが……もし黒うさぎだったら感謝してもしきれない。二度と会えないと思っていた最愛のうさぎにまた会えたのだから。

ロイスリーネは「キュウ……」と力なく鳴くうさぎを抱き上げて頬ずりをした。

——うんうん、この感触。これよこれ！　私のうーちゃんだわ！

上機嫌でロイスリーネはうさぎをベッドに運んだ。

「うーちゃん、うーちゃんに紹介したい子がいるの。この子よ。くろちゃんっていうの」

ロイスリーネはうさぎを黒うさぎの前に下ろした。どうやらジークハルト（うさぎ）は今ようやく黒うさぎに気づいたようで、ぼわっと毛を逆立てると「ヴ、ヴ、ヴ」と唸った。うさぎが警戒した時や怒った時に出す音だ。

ところが黒うさぎはのんびりしたもので、毛を逆立てるジークハルトを一瞥し、挨拶代わりに「ヒュアー」と鳴くと、それ以降は無視して自分の前足をペロペロと舐めている。

「大丈夫よ、うーちゃん、そんなに警戒しなくても」

ロイスリーネは笑いながらうさぎのジークハルトを抱き上げた。

「なんとなく分かるの。この子は大丈夫だって。だから仲良くしてね」

ジークハルトは不満そうだ。むすっとした表情でロイスリーネの胸に顔を押しつけている。

——あら、もしかして、警戒しているのではなくて、焼きもちを焼いているのかしら。

ふふ、かーわいーい。

「大丈夫。私が一番愛しているのはうーちゃんだから（だって大好きな陛下だものね）」

ロイスリーネは最愛のうさぎを抱きしめて幸せそうに笑うのだった。

ロイスリーネとジークハルトが寝静まった後、足元で丸くなっていた黒うさぎの元へ、ジェシー人形が現われた。

黒うさぎは頭を上げると、人形に向かって鳴いた。

「ヒュアー（ファミリアか。このたびはそなたにも迷惑をかけたな）」

「リリス……かと思ったら、夜の御方の成分の方が強いのですね。てっきり夜の神のところへ還ったと思ったのに、なぜ残ったのです？」

それなりに音を立てているのだが、ロイスリーネはおろか気配に敏いジークハルトも目

を覚ますことはない。

「ヒュアヒュア（決まっておろう、愛しい我が子らを守るためだ。ファミリア）」

ロイスリーネたちは知らなかったが、『女神の御使い』を名乗る眷族神は女神ファミリアその人だ。

日の神の眷属神がファミリア一人しかいないため、多忙を極める女神だが、その忙しさの合間を縫って世界を守るためにこうして人間世界にまでやってきているのだ。

「ロイスリーネたちに警告してましたものね。何か心当たりが？」

黒うさぎは器用に眉を顰めると、しぶしぶといった様子で語った。

「ヒアー、ヒュア、ヒュア（プサイの封印を緩めたのはクロイツ派とかいう愚か者たちではない。別の人物だ）」

「……なんですって？　てっきり偶然あそこでクロイツ派が祝福持ちを殺害したから封印が緩んだとばかり思っていましたが……」

「ヒュアー（違う。プサイの過去を視たが、ある日いきなり封印が緩んだようだ）」

「それは問題ですね」

「ヒュアー、ヒアー。ヒュー、ヒゥー（その人物はお前たちの計画をひっくり返すために、今回のことを仕掛けた。今もきっとどこかでこの状況を笑いながら見ているだろうさ）」

「私の目を盗んでそんなことができる方は限られておりますね。……まったく、あの方の気まぐれには困ったものです」

どうやら『女神の御使い』には心当たりがあるようだ。

人形が頬に手を当てた。どうやらそれが困ったという感情を表わすポーズらしい。

「私たちが二千年かけて熟成させた計画を壊されるのはもっと困ります。もしや夜の御方はそれを阻止するために？」

「ヒアー、ヒュア（我らの予想通りであれば、きっとまたあの娘は狙われるだろう）」

黒うさぎは深刻そうな口調のわりに、前足で顔をわしわし洗いながら言った。

「ヒュア、ヒュアー、ヒアー（すべての原因は我の不手際にあるからな。それを挽回するためにここに残った。……決してあいつが嫌いだとかぎゃふんと言わせたいとかいうわけではないぞ？）」

「……そういうことにしておきましょう」

古き神々と新しき神々が手を組まねばならない相手が黒幕だということを、この時のロイスリーネたちは知る由もなかった。

終

あとがき

拙作を手に取っていただいてありがとうございます。
お飾り王妃の五巻です。こうして続きが出せたのも、手に取っていただいた皆様のおかげです。ありがとうございました。

今回でようやくクロイツ派との決着がつきました。裏で何かやっているのは分かっているけど不明だったものの全貌がようやく見えてきます。ルベイラにいた頃のデルタとラムダは本気でロイスリーネの命を狙っていましたが、それ以降にルベイラに来たシグマが様子見で本気で仕掛けてこなかったのも、プサイによる今回の計画が発動したからです。彼らの計画がどうなったかは……本編を読んでいただければ分かると思います。今回の結末は彼らにとっては救済であり、己の犯した罪を悔いる日々の始まりでもあります。

さて、今回大きく動いた話といえば、とうとうロイスリーネがジークハルトの秘密に気づいてしまいました。五巻目にしてようやくです。そして気づいた後の発想がロイスリーネらしいというか……。ジークハルトとうさぎを天秤にかけて、あっさりとうさぎを取ってしまいました。このあたり、まだまだジークハルトは頑張らなければいけませんね。

クロイツ派との決着もつき、呪いの問題も一段落しました。ですが、ジークハルトは相変わらずうさぎになってしまいますし、新たに黒うさぎも増え、しかもなんだか黒幕（？）というかチョッカイかけてきそうな存在も明らかになりました。この問題とロイスリーネのギフトに関することが今後の主軸になってくると思いますので、もう少しおつきあいくださいませ。ワンオペが発覚した『女神の御使い』ことファミリア様は果たして社畜（神畜？）から卒業できるのか。それも楽しみにしていただけたらと思います（笑）。

イラストのまち先生。可愛いうさぎをありがとうございます！　今までイラストに出てこなかったキャラや黒うさぎ、はたまた黒い竜まで描いていただいて、とても感激しております！

最後に担当様。いつもありがとうございます。本当に今回は方々に迷惑をおかけしまして……。なんとか書き上げることができたのも担当様のおかげです。

それではいつかまたお目にかかれることを願って。

富樫聖夜

■ご意見、ご感想をお寄せください。
《ファンレターの宛先》
〒102-8177 東京都千代田区富士見2-13-3
株式会社KADOKAWA ビーズログ文庫編集部
富樫聖夜 先生・まち 先生

●お問い合わせ
https://www.kadokawa.co.jp/（「お問い合わせ」へお進みください）
※内容によっては、お答えできない場合があります。
※サポートは日本国内のみとさせていただきます。
※Japanese text only

お飾り王妃になったので、こっそり働きに出ることにしました

～うさぎがいれば神様相手だってへっちゃらです！～

富樫聖夜

2022年5月15日 初版発行

発行者　青柳昌行
発行　株式会社 KADOKAWA
〒102-8177 東京都千代田区富士見2-13-3
（ナビダイヤル）0570-002-301
デザイン　Catany design
印刷所　凸版印刷株式会社
製本所　凸版印刷株式会社

ISBN978-4-04-737010-4 C0193

定価はカバーに表示してあります。

◇◇◇